KB013079

내 마음을 알고 싶은 날의

우울해방일지

일러두기

책에 등장하는 사례는 환자의 이야기를 토대로 각색해 사용했음을 밝힙니다.

내 마음을 알고 싶은 날의

우울해방일지

이명수 지음

amStory

프롤로그

"어떻게 오셨어요?"

진료실에서 처음 만나는 분들에게 건네는 첫마디는 다양할 수 있지만 "안녕하세요" 또는 "어서 오세요"라는 인사말 이후에 필자는 대개 "어떻게 오셨어요?"라고 묻습니다. 아주 간혹 "지하철로 왔어요", "버스 타고 왔어요"라는 등의 교통수단을 말하는 사람들이 있고, 그것보다 조금 더 많은 비율로 "검색해서 왔어요", "지인 소개로 왔어요"라고 응답하는 사람들이 있습니다. 물론 모든 대답은 제가 건넨 질문에 적절하게 대답한 것이며 사실 필요한 정보이기도 합니다. 병원을 운영할 때 지리적 접근성은 매우 중요하며, 다양한 채널을 통해 병원과 치료자의 존재를 알리기 위한 홍보 전략의 수립은 필수적이기 때문입니다. 어쩌면 2022년 초여름 저녁에 이 책의 프롤로그를 적고 있는 이유 역시, 한 블록에 하나 이상씩 자리 잡고 있는 서울 강남의 정신건강의학과들 사이에서 나의 존재 가치를 드러내기 위한 홍보 마케팅의 일환이라고 해도 아주 틀린 말은 아닙니다.

그렇지만 "어떻게 오셨어요?"라는 질문에 대부분의 사람들은 본인이 고통받고 있는 문제를 이야기합니다. 그들에게 교통의 편의성은 별로 중요한 이슈가 아니며 검색을 통해서 왔든 누구의 소개를 받아서 왔든 앞에 앉아있는 정신과 의사라는 사람이 '자신의 문제를 얼마나 잘 해결해줄 것인가'만이 중요합니다. 이는 아주 바람직한 자세라고 할 수 있습니다. 자신의 문제를 의사와의 사이에 내려놓는 것, 더 나아가 의사에게 던져버리는 것, 이것이 치료의 시작입니다. 고통을 가지고 있는 내가 문제 있는 사람이 아니라, 나에게 고통을 주고 있는 문제가 문제인 것이죠. 종종 이렇게 이야기 합니다. "지금은 어쩔 수 없이 당신과 내가 마주앉아 있지만 사실 우리는 같은 방향에 나란히 앉아 당신의 문제를 우리 앞에 놓고 바라보고 있는 것입니다."

'문제를 대상화하기'는 치료의 과정에서 매우 중요합니다. 거듭 말하지만 고통을 경험하고 있는 내 자신이 문제가 아니라 고통이 문제이기 때문입니다. 어떤 종류의 문제이든 제일 중요한 첫걸음은 그 문제를 살짝 떨어져서 보는 것입니다. 상담을 종종 마음의 거울을 들여다 보는 것으로 비유하기도 하는데, 이는 화장을 제대로 하기 위해서 거울이 필요한 것과 같은 이치입니다. 립스틱 정도는 눈 감고도 바를 수 있지만 눈 화장같이 정교한 작업에 거울이 없다면 결과물이 우스꽝스러워 질 수도 있으니까요.

치료자와 내담자, 이 두 명 앞에 놓인 날 것으로써의 고통의 문제들은 상호 간의 반복적인 소통을 통해 이전보다 조금 더 소화하기 쉽게 변형될 수 있습니다. '우울해요', '무기력해요', '자꾸 화가 나고 분노 조절이 안돼요', '가슴이 답답해요', '감정 조절이 안돼서 울컥하고 눈물이 나요' 등의 답변은 "어떻게 오셨어요?"의 질문에 대한 첫 번째 대답으로 소화시키기에 여전히 버겁습니다. 이 대답을 듣고 상황을 파악한다는 것은 영화 장르만 듣고 영화의 내용을 추측하는 것과 다름이 없습니다.

조던 피터슨Jordan Peterson이라는 유명한 심리학자가 청중의 질문에 대답할 때 흔히 질문 중 핵심 단어의 정의를 묻곤 합니다. 예를 들어 한 청중이 "어떻게 하면 행복해질 수 있나요?"라고 질문했다면 조던 피터슨의 대답은 다음의 말로 시작할 것입니다. "그것은 행복을 무엇으로 정의하느냐에 따라 다릅니다." 일상에서 흔히 사용하는 단어나 문장은 매우 강력하게 우리를 압도합니다. 시대와 세대를 아울러 그 단어에 농축된 강렬한 힘이 우리에게 영향을 미치기 때문입니다. 그렇기 때문에 치료자로서의 필자는 진료실에서 처음 이야기하는 문제, 그리고 그 문제를 표현하는 단어나 문장 너머의 개별화된 의미에 관심을 가지지 않을 수 없습니다. 하나씩 구체화하고 명료하게 눈앞에 그려나가는 것이 치료의 시작이자 중요한 포인트가 됩니다.

이 책에서는 "어떻게 오셨어요?"라는 질문에 가장 흔히 등장하는 대표적 응답들을 중심으로 여러 비유적 표현을 활용해 고통의 문제들을 대상화하고 구체화하며 해법을 찾아가는 과정을 이야기해보려고 합니다. 특정한 이론을 소개하려는 것이 아니고 개별 사례를 심도 있게 분석하려는 것도 아니며, 서점에서 많이 볼 수 있는 자기계발식 심리 에세이를 하나 추가하고자 하는 의도도 아닙니다. 책이라는 공간에 가상의 진료실을 만들어 놓고 마음속에 그동안 만났던 분들을 떠올리며 그분들과 대화했던 내용을 풀어내려 합니다. 좋은 상담은 좋은 질문에 있다고 생각합니다. 그리고 적절한 비유의 사용은 마치 길 안내를 할 때 "저 앞에서 우회전 하셔서 100m 직진한 다음에 좌측으로 좀 더 가시면 돼요"와 같이 말로만 풀어 설명하는 것이 아닌, 내비게이션의 지도를 보여주며 길을 안내하는 역할을 한다고 생각합니다.

지긋지긋한 코로나 시대를 거쳐 오면서 대부분의 사람들은 백신을 맞게 되었습니다. 백신의 본질은 미리 경험하는 것입니다. 그래서 백신을 맞으면 열이 나고 시름시름 아프기도 하지만 그 과정에서 생긴 항체는 궁극적으로 우리를 큰 문제로부터 보호할 수 있게 됩니다. 심리적 의미로서의 백신은 '아는 것'입니다. 어떤 상황에서 어떤 심리적 반응이 있을지 미리 아는 것, 지금 내 마음에서 벌어지고 있는 심리적 불균형이 무엇인지를 아는 것입니다. 그리고 해법을 찾아 '실천하는 것'입니다. 상담을 하다 보면 많은 분들이 이렇게 이야기를 합니다. "머리로는 알죠, 그런데 잘 안돼요. 감정도 안 따라오고 행동도 못하겠고…." 방법을 안다고 다 실천 가능하면 세상 모든 사람은 너나 할 것 없이 잘 살고 있을 것입니다. 쉽지 않다는 것을 알고 받아들이되, 하나씩 시도해 보면 어떨까요? 부디 이 책이 전과 같지 않은 마음 컨디션으로 심란해하고 있는 많은 분들에게 도움이 되기를 바랍니다.

차례

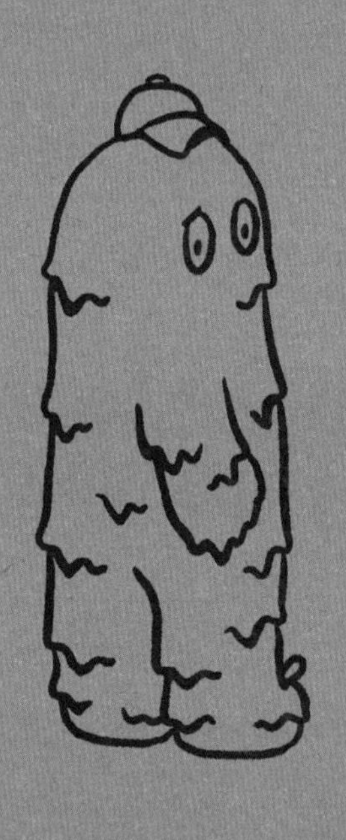

1. 무기력과 우울

Dialogue for Depression			
Category	*Depression*	**No.**	*001*

해야 할 것은 있지만 의욕이 하나도 없어요

'아무것도 하기 싫고 일상생활이 하나도 재미없어요'라는 호소는 정신건강의학과 진료에서 단골로 등장하는 표현입니다. 아무 의욕이 없는 사람의 기분이 정상적일 수는 없습니다. 당연히 우울한 감정을 느끼고 있을 것입니다. 우울한 감정을 느끼는 것과 일상생활에서의 흥미 상실, 이 두 가지는 우울증의 핵심 진단 기준이기도 합니다.

많은 분들이 머리로는 알겠는데 몸이 안 따라준다고 이야기합니다. 무엇을 해야 하는지 아는데 몸이 안 따라준다는 의미일 수도 있지만, 굳이 그렇게 부정적으로 생각하지 않아도 되는데 자꾸 안 좋은 생각과 감정이 들고 그것을 통제하기 어렵다는 의미로도 해석할 수 있습니다. 무기력이란 해야 하는 일은 많은데 하지 못하고, 저만큼 가야 하는데 갈 엄두가 안 나 제자리에 머물러 있는 걸 말합니다. 앞으로 나아가지 못하고 그 자리에 머물러 있는 내 자신이 마음에 들지 않습니다. 해야 하는데 못하는 내가 별로라는 생각을 시작으로 자기만족감이 떨어지면서 스스로에 대해 부정적인 생각을 하게 됩니다. 내 미래가 불확실하고 어둡게 느껴지기도 하며 나를 힘들게 내몰고 있는 상황에 대한 원망도 생깁니다. 이처럼 우울해진다는 것은 이렇게 **자신**과 **미래**, 그리고 **내가 살고 있는 세상**에 대한 관점이 부정적이 되는 것을 말합니다. 그럼에도 무언가 할 것이 있고 가야 할 지점이 있다면 아주 최악은 아닙니다.

해야 하는 것과 하고 싶은 것을 구분하세요
하고 싶은 일을 해야 하는 일로 만들지 마세요

이런 상황에서 벗어나기 위해 우선적으로 필요한 것은 내 앞에 놓여 있는 것들을 ①**해야 하는 것**과 ②**하고 싶은 것**으로 분류하는 것입니다. 여러분들의 목록에 해야 하는 것은 무엇이며, 하고 싶은 것은 무엇인지 한 번 생각해 보고 나열해보세요. 정신건강에 가장 좋은 상황은 해야 하는 일이 적고 하고 싶은 일이 많은 것입니다.

해야 하는 것은 말 그대로 해내야 되는 것입니다. 그것도 잘 해내는 것이 좋습니다. 영어로 'I must do it', 'I should do it'이라는 목적성이 부여되는 일이죠. 그런데 그게 너무 많거나 과도하면 스트레스가 됩니다. 운동을 예로 들어볼까요? 여러분들은 운동이 해야 할 일의 목록에 들어가 있습니까? 아니면 하고 싶은 일에 들어가 있습니까? 해야 할 일에 포함되어 있다면 그 순간 운동을 하는 것은 스트레스가 됩니다. 일주일에 몇 번 이상 해야 하고 한 번에 몇 시간 이상 해야 하는 일로 규정이 된다면 그 기준을 달성하지 못했을 때 실패감을 경험하기 때문입니다. 스트레스를 해소하기 위해 선정한 방법이 또 다른 스트레스가 되는 아이러니한 상황이 되는 것입니다. 그렇기에 운동은 **'하고 싶은 것'**으로 분류하는 것을 권합니다. 하고 싶은 것의 본질은 해도 되고 안 해도 되고 잘해도 되고 못해도 되는 것입니다.

"이거 왜 이래, 아마추어같이"라고 할 때 아마추어라는 표현은 전문적이지 않고 어설프다는 다소 부정적 뉘앙스를 띄고 있습니다만 사실 아마추어Amateur의 어원은 '사랑하다'의 의미를 가지는 아모르Amor라고 합니다. 어떤 활동을 그저 즐기는 것이죠. 하지만 프로가 되는 순간 좋아서 하는 일이 아니라 해야 하는 일로 변모하게 됩니다. 그래서 스트레스가 되는 것이죠. 그렇기 때문에 여가 시간은 중요합니다. 여가 시간은 그야말로 하고 싶은 일로 채울 수 있기 때문입니다. 퇴근 이후 저녁 시간이나 주말에 건강과 활력 증진을 위해서 운동을 하겠다고 정했다면 그것을 하고 싶은 일로 분류하시길 바랍니다. 연간 회원권을 끊어 일주일에 몇 번 개인 트레이닝을 받겠다는 목표를 설정해 스스로를 강하게 몰아붙이는 것이 필요할 수 있습니다. 하지만 무기력 상태에서 이를 실천하기는 쉽지 않고 또 다른 실패의 경험만 누적될 가능성이 높습니다. 따라서 목표나 과업을 하면 좋고 안 해도 그만인 상황으로 만들어 나가는 것이 좋습니다. 그렇게 하면 누가 계획을 실천하겠냐고 되물을 수도 있습니다. 그렇지만 뭐 하나 제대로 못하겠다는 생각에 지배당하고 있는 무기력의 상태에서 무엇이 중요할까요? 모든 것을 완벽하게 해내는 나의 모습으로 마법 같은 변화를 기대하고 있다면 그것은 착각입니다. **'아무것도 하지 못함'**이라는 생각이 **'모든 것을 잘함'**으로 바뀌는 것이 아니라 **'할 수 있는 것도 생김'**으로 우선 변화해야 합니다. 그렇게 되기 위해서는 실천하면 점수를 따지만 안 하더라도 점수를 잃지 않는 게임의 룰을 채택해야 합니다.

Just Do it

철학자 한병철 교수는 저서 《피로사회》[1]에서 다음과 같이 이야기합니다.

"우울증은 성과주체가 더 이상 할 수 있을 수 없을 때 발발한다. 그것은 일차적으로 일과 능력의 피로이다. 아무것도 가능하지 않다는 우울한 개인의 한탄은 아무것도 불가능하지 않다고 믿는 사회에서만 가능한 것이다. (중략) 더 이상 할 수 있는 것이 없다는 의식은 파괴적 자책과 자학으로 이어진다."

'우리는 할 수 있습니다!'라는 구호는 경영진과 정부 고위 관료들, 소위 사회의 리더라고 하는 사람들이 즐겨 사용하는 표현입니다. 혹은 누군가를 응원할 때도 "넌 할 수 있어"라고 말하곤 합니다. 때론 '그래 난 할 수 있어'라고 스스로를 격려하기도 합니다. 그러나 조금 삐딱하게 보자면 '우리, 너, 나는 할 수 있어'라는 표현은 '해내야만 해'로 둔갑하기 쉽습

1 한병철 저, 김태환 역(2012), 문학과 지성사, P.28.

니다. 'You can do it'이 'You must do it'이 되는 것입니다. 격려의 표현이 경우에 따라 파괴적 양상을 띠면서 우리의 마음을 갉아먹게 되는 경우가 생기곤 합니다. 이렇게 파이팅 넘치는 구호가 남발하는 사회와 조직의 분위기가 특정 사람들을 우울하게 만든다는 것이 한병철 교수의 이야기입니다. 이를 다른 말로 표현하면 '번아웃Burn Out', 소진이라고 할 수 있습니다. 번아웃은 무기력의 극단에 이르러 아무것도 못할 것 같은 상태에 놓이는 것을 말합니다. 대부분 본인의 의지가 아닌 외부적 요인에 의해 어쩔 수 없이 수행해야 하는 일을 할 때 더 쉽게 소진되지만 심지어 본인이 원하는 일이라 할지라도 '해낼 수 없을 것 같음'이라는 심리적 장벽을 맞이하게 되면 번아웃의 속도는 빨라집니다. 소진 상태에서 벗어나기 위해서는 '해내야만 해Must'라는 생각을 '그냥 하지 뭐Just'라는 생각으로 변화시킬 필요가 있습니다.

노력의 가치를 폄훼하는 것은 결코 아닙니다. 심각한 슬럼프에서 빠져나오기 위한 관점 변화의 필요성을 이야기하는 것입니다. Must를 Just로 바꾸는 것, 유명 스포츠 브랜드의 홍보문구인 'Just do it'은 그런 면에서 볼 때 꽤나 정신건강적인 메시지라고 생각합니다.

가장 행복한 사람은 하고 싶은 일을 하면서 돈을 버는 사람이라고 합니다. 하고 싶은 일이 곧 해야 하는 일이 되는 것이죠. 그런데 그런 상태에 있는 사람들을 만나기는 쉽지 않습니다. 처음에는 하고 싶은 일이었다가도 해야 하는 일로 금방 변하곤 합니다.(책 쓰라고 아무도 강요하지 않았고 하고 싶어서 시작한 일이지만 어느덧 해야 하는 일이 되었네요. 그러니까 스트레스가 됩니다!) 현대 사회에서 대부분의 사람들은 '해야 하는 일'을 '그리 하고 싶지 않은' 상태에서 '나름 어느 정도 이상 해내면서' 살고 있습니다. 나쁜 상황은 무엇일까요? 해야 하는 일을 (당연하게도) 하기 싫어하면서 억지로 하고 있지만, 그마저도 잘 하지 못한다고 여기는 상태입니다. 최악의 상황은 (역시 당연하게도) 하고 싶지 않은 일을, 제대로 해내지도 못하면서 하고 있는데 그 일이 해야 하는 일인지도 잘 모르는 상황이라고 볼 수 있습니다. 해야 하는 일인지 확신이 없는 상태에서는 기어가 제대로 걸리지 않습니다. 앞으로 치고 나가는 힘을 받을 수 없다는 이야기죠. 인생에서 진정 의미 있는 일을 찾아서 잘 해내는 것은 중요합니다. 그런데 지금 내 눈앞에 놓여 있는 일이 의미 있는 일이라는 확신을 갖기는 어렵습니다. 사회 초년생인 경우에는 더 말할 것도 없고요.

정답을 찾아 나가는 과정에서 오답을 경험하는 것은 흔한 일입니다. 학창 시절 시험문제를 틀리면 당장은 속상하지만 왜 틀렸는지를 확인하고 자기 것으로 만들면 더 깊이 있는 지식이 될 수 있습니다. 오히려 더 불안한 건 운 좋게 맞는 경우입니다. 그것은 지식이 되지 않기 때문에 결국 가장 중요한 시험에서 내 발목을 잡을 수도 있게 되죠. 틀리더라도 괜찮습니다. 틀리더라도 그냥 하면Just do it 됩니다. 그리고 그 방법밖에 없기도 합니다.

아무것도 하지 않는 것을 하는 것

다시 여가 시간에 대한 이야기로 돌아가 보겠습니다. 자기계발을 위한 공부도 해야 하고, 스펙 관리를 위한 토익시험도 준비해야 하고, 살을 빼기 위해 운동도 해야 하지만 정작 아무것도 하지 못하고 있는 스스로를 한심하게 생각합니다. 그럴 때는 아무것도 하지 않는 것을 해보면 어떨까 합니다. 명상은 하는 것이지만 사실 아무것도 하지 않는 상태를 유지하는 것이기도 합니다. 노자가 말하는 무위無爲사상도 마찬가지입니다. 무위도식無爲徒食은 일도 안 하면서 놀고먹는다는 부정적 의미로 사용됩니다만, 노자의 무위는 아무것도 하지 않는 것을 의미하는 것이 아니라고 합니다.

"무위에서 '무無'가 부정을 의미하지 않는다. 생명의 가장 큰 특징은 누가 뭐라 해도 살아있다는 거다. 그리고 살아있음은 그 자체로서 '위爲'가 되는 것이다. 인간은 살아서 죽을 때까지 위爲, 즉 함Doing의 존재이기 때문이다. 그러므로 '무위'는 '함이 없음'이 아니라, '무無적인 함'을 하는 것이다."[2]

고대 그리스 철학자 에픽테토스는 "세상에 문제가 본질

---

2 우리마을대학협동조합(2022), "노자가말하는 '무위(無爲)'라는 말을 잘 못 이해하면 삶이 무겁다", https://pakhanpyo.tistory.com/2419.

적으로 해결되는 것은 거의 없다. 다만 관점을 바꾸어 해소하는 것일 뿐"이라고 말합니다. '아무것도 못 하겠다'를 '아무것도 안 하겠다'로 관점을 바꾸어 보는 것은 어떨까요? 노자 선생님께서도 어차피 인생은 죽을 때까지 함Doing을 위해 태어난 존재라 하고, 무위는 '함이 없음'이 아니라, '무無적인 함'을 하는 것이라고 하니 큰 위로가 됩니다. 더 나아가 "모든 자연의 과정에서 인위적인 것이 끼어들게 되면 그것은 항상 의도했던 것과는 정반대로 되거나 실패로 끝날 것이기 때문에 무위 없이는 진정한 성공이란 있을 수 없다"라고 까지 이야기하니 얼마나 좋습니까. 이렇게 억지스러운 주장처럼 보이는 이야기를 쥐어짜서 하는 이유는 궁극적으로 무기력은 능동성이 회복되지 않으면 해결되기 어렵기 때문입니다. 능동성의 회복은 정신건강 영역에서 매우 중요하며 앞으로도 반복적으로 등장할 주제입니다. '아무것도 하지 못해'를 '아무것도 하지 않는 것을 하고 있어'라는 것으로 바꾸어 생각해보세요. 생각의 프레임을 수동기어에서 능동기어로 바꾸는 것이 무기력에서 회복하기 위해 필요한 첫 번째 조건입니다.

항우울제라는 연료 공급이 필요할 수 있습니다

비행기가 이륙할 때를 상상해볼까요? 격납고에 있는 비행기를 조종사가 천천히 활주로 쪽으로 이동시킵니다. 활주로에서 대기를 하고 있다가 관제탑에서 이륙 허가 사인이 떨어지면 활주로를 주행해 이륙하게 됩니다. 이륙을 위해 몸이 뒤로 젖혀질 정도로 고속 주행을 하는데, 이때 가장 많은 연료가 소모된다고 합니다. 우울해지면 일상의 에너지가 예전 같지 않습니다. 무엇을 해야 하고 어디로 가야하는지는 아는데 무기력해 제대로 하지 못 하다 보니까 '나 뭐하고 있는 거지?'라고 자책을 하다 이륙에 필요한 동력을 잃어버리고 다시 활주로를 배회하게 되는 상황에 처하게 됩니다. 자책은 금물입니다. 이륙을 위한 커다란 에너지가 필요한데 우울이라는 것이 그 에너지를 뺏어 갔기 때문에 못하는 것뿐입니다. 우울이 마음의 감기라고 해서 마음만 먹는다고 쉽게 해결되는 문제는 아닙니다. 어쩌면 가장 어려운 것이 삶의 무게이기에 삶은 비행기보다 더 무겁게 느껴지는 마음의 짐이 될 수도 있습니다. 그 마음의 짐을 가지고 하늘로 이륙하기 위해서는 얼마나 큰 에너지가 필요할까요? 항우울제는 심리적 에너지를 공급하는 연료가 될 수 있고 가까운 사람들의 지지와 격려, 필요하다면 전문 치료자들의 심리적 도움도 에너지원이 될 수 있습니다. 무엇보다 중요한 것은 여러분 자신이 가지고 있는 내적 에너지 자원입니다. 활성화되지 못하고 죽어있던 내적 에너지가 외부의 연료 공급과 맞물려 상승작용을 일으킨다면 충분히 하늘을 날 수 있는 힘을 얻을 수 있을 것입니다.

Dialogue for Depression			
Category	*Depression*	**No.**	*002*

무엇부터 해야 할지 모르겠어요

'무엇부터 해야 할지 모르겠다'에는 두 가지 경우가 있습니다. 해야 할 것이 너무 많아서 혼란스럽거나, 또 다른 하나는 정반대로 아무것도 할 것이 없다는 생각이 들 때입니다. 문제가 너무 많아서 머리가 아프신가요? 무엇부터 해야 할지 몰라서 괴로우시다면 다음의 과정을 따라해보세요.

①나를 괴롭히고 있는 문제 목록을 작성하기

②문제 목록 중에 할 수 없는(어쩔 수 없는) 일을 체크해 목록에서 지우기

③그렇게 지우고 남아있는 문제 목록, 즉 할 수 있다고(어쩔 수 있다) 체크한 것 중 그럭저럭 해내고 있다고 생각되는 것들을 지우기

이런 과정을 거치면 최종적으로 **'할 수 있다고 체크했는데 하지 못하거나 하기 싫어서 안 하고 있는 것들'**이 남게 됩니다. 그것들이 우리가 지금 당장 최우선적으로 집중해야 할 과제들입니다. 만약 이 과정을 통해 10가지 문제 목록이 5가지로 줄었다면 대성공입니다.

어쩔 수 없는 일과 어쩔 수 있는 일을 구분하세요

우울해지면 어쩔 수 없는 일에 힘을 소진하고 정작 어쩔 수 있는 일은 하지 못하게 되면서 자기 비하에 빠지는데 이는 악순환의 고리처럼 반복됩니다. 어쩔 수 없는 일과 어쩔 수 있는 일을 구분하는 것은 해야 하는 것과 하고 싶은 것을

구분하는 것보다 더 중요합니다. 천주교에 다음과 같은 기도문이 있습니다. "어쩔 수 없는 것을 받아들이는 평온함을 주시고 어쩔 수 있는 것을 행하는 용기를 주시고 이를 구별할 수 있는 지혜를 주세요."

우리가 학창시절 한 번은 들어봤던 스토아 철학의 핵심적 메시지는 다음과 같습니다. "어떤 것들은 우리에게 달려 있고, 어떤 것들은 우리에게 달려 있지 않다." 이처럼 종교와 고대 그리스 철학자들의 메시지에서 알 수 있듯 어쩔 수 없는 것을 받아들이고 어쩔 수 있는 것에만 집중하기를 권유하고 있습니다. 머리로는 이해가 되지만 실천이 안 될 뿐입니다. 누구나 쉽게 할 수 있는 것이라면 굳이 종교나 철학에서 그리고 심리학에서까지 강조할 필요가 없습니다. 쉬워 보이지만 결코 쉽게 실천할 수 없기에 계속 강조를 하는 것이고 거기에 해답이 있습니다.

달리기를 할 때 무거운 모래주머니를 달고 뛰면 남들처럼 달릴 수 없습니다. 어쩔 수 없는 일을 어쩔 수 있는 일로 착각하면서 지내는 것은 나도 모르게 무거운 모래주머니를 달고 뛰는 것과 같습니다. 덜어버릴 것은 덜어버리는 현명함이 필요합니다. 안개가 자욱한 길을 생각해보세요. 가시거리가 30m이고 그 너머는 보이지 않습니다. 이 상황에서 우리가 어쩔 수 있는 일은 시야가 허용하는 만큼 전진하는 것입니다. 어쩔 수 없는 일은 안개 저 너머를 보는 것입니다. 안개 너머가 보이지 않는다고 제자리에 그냥 서 있게 되면 결국 아무것도 할 수 없습니다. 안개의 속성은 보이는 만큼 가면 또 다른 30m의 시야가 확보된다는 것입니다. 보이는 만큼만 계속 가다 보면 해가 뜨고, 해로 인해 공기가 따듯해지면 안개가 슬며시 걷혀 우리는 더 멀리 볼 수 있게 됩니다. 올라가고 있는 산에서는 산 너머가 보이지 않습니다. 산 너머를 보는 것이 중요하겠지만 현상황에서는 어쩔 수 없는 일이 되는 것이고 어쩔 수 있는 일은 그냥 한 걸음씩 올라가는 것입니다.

1대 17로 싸워 이기는 방법

'1대 17로 싸워 이겼다'는 이야기는 영화에서 동네 건달이 허세를 부릴 때 나오곤 하는 대사입니다. 이런 대결에서 이기기란 아주 어려운 일이긴 하지만 싸움의 고수에게는 꼭 불가능한 일은 아닐 수 있습니다. 특히 한꺼번에 싸우는 것이 아니라 한 명씩 차례로 붙어서 17명을 상대하는 건 잘 훈련된 선수라면 해볼 만한 일이 될 수도 있습니다. 물론 그 역시 일반인에게는 어려운 일이 되겠지만 아예 시도할 엄두도 못 내고 포기할 가능성은 낮아집니다.

한꺼번에 여러 가지 일을 해야 할 때는 우선순위가 필요합니다. 저 뒤에서 도사리고 있는 열 번째 일도, 그 뒤에서 기다리고 있는 열일곱 번째 일도 조만간 맞닥뜨려 해결해야 하는 일임에는 분명하지만 굳이 지금 상대할 필요는 없습니다. 물론 현재 신경 쓰이는 것들을 빠르게 해결하고 싶은 것이 인지상정이겠지만 숙성이 될 때까지 기다려야 할 문제도 있고 문제가 서로 얽혀 하나를 해결하면 자연스럽게 따라서 풀리는 문제들도 있습니다. 복잡하게 얽힌 실타래를 풀기 위해서는 실마리를 찾아 살살 풀어나가야 하는데 급한 마음에 마구잡이로 헤집으면 더 복잡하게 엉키게 됩니다. 지금 상대할 필요가 없는 것에 괜히 힘을 소모하게 되면 제일 앞에서 나를 기다리는 문제에 제대로 집중할 수 없습니다. 문제들을 횡렬로 나열시켜 한 번에 해결하려 애쓰지 말고 가능한 앞뒤로 줄을 세워 하나씩 해결해 나가는 것이 현명한 방법입니다.

방 청소와 설거지의 힘

슬럼프에 빠져서 삶의 방향을 잃어버렸다고 생각될 때에는 '중요한 일' 보다 '할 수 있는 일'부터 시작하는 것이 필요합니다. 그 일이 일상적인 것이어도 상관없습니다. 많은 심리학자들이 방 청소의 중요성을 강조합니다. 방 청소를 할 수 있어야 다른 중요한 일도 할 수 있습니다. 드라마 <나의 아저씨>에서 배우 오나라 씨가 맡은 배역은 연인과의 이별 이후 오랜 시간 동안 극심한 공허함과 무력감에 시달리고 있었습니다. 오래된 동네 친구들과 자주 어울려 맥주를 마시며 웃고 떠들기도 하지만 그들이 돌아가고 난 이후의 적막감은 더 크게 다가옵니다. 오나라 씨가 극 중에서 자기 스스로에게 하는 대사가 있습니다. "매일 씻을 수 있고 속옷을 빨고 있는 나는 잘 살고 있는 것입니다."

'해낼 수 없을 것 같음'이라는 장벽에 가로막혀 좌절하는 사람들이 진료실에 많이 찾아옵니다. 우울증은 다른 말로 하면 '해낼 수 없을 것 같다'는 생각에 지배되는 것입니다. 어려움을 듣고 공감하고 필요에 따라 약을 처방하는 것 이외에 그분들과 하는 중요한 작업이 있습니다. '해내는 것에 대한 경험'을 하게 하고 그것을 내재화하는 것입니다. 엄청 대단한 일을 해내자고 하는 것은 아니고 일상적 삶에 나만의 루틴을 만들어서 실천하는 것부터 시작합니다. 방법은 정하기 나름이지만 아침에 일어나면 바로 동네 한 바퀴 산책하다 커피를 테이크 아웃한 뒤 집에 돌아와 샤워하기와 같은 것들이 아침 루틴의 예입니다. 출근해야 하는 사람들의 경우에는 어쩔 수 없이 루틴을 챙겨야하기 때문에 극단적 무기력에 빠질 가능성이 상대적으로 낮습니다만, 여러 가지 이유로 일상의 루틴이 깨진 상태라면 스스로 만들어 적용해야 합니다. 마치 예전 초등학교 시절 방학을 맞이하면 동그란 생활계획표에 일정을 그려 넣듯이 말입니다. 무기력해지기 쉬운 주말 아침에는 밀렸던 설거지를 하는 것으로 시작하면 훨씬 개운한 느낌을 맛볼 수 있습니다. 청소, 빨래까지 더 할 수 있다면 웬만한 약물 치료보다도 강력한 효과를 느낄 수 있습니다. 그만큼 아침 루틴의 힘은 대단합니다. 무기력하기 때문에 일상 활동을 못하게 되는 것도 사실이지만, 무기력해도 어찌어찌 일상 활동을 하게 되면 무기력이 완화되는 것 역시 분명한 사실입니다. 생각과 감정은 마음대로 통제하기 어렵지만 행동은 그래도 통제할 수 있습니다. 정신의학Psychiatry의 부제가 행동 과학Behavioral Science인 것은 결국 우리가 의식적으로 통제할 수 있는 것이 '행동'이기 때문입니다.

홈런은 배트가 아니라 선수가 치는 것

우울감과 무기력감이 호전되어 치료가 마무리되어가는 시점에 어떤 생각을 하게 되는지도 중요합니다. 누군가 도와주거나 내가 처한 상황이 바뀌어서 또는 약 때문에 호전된 것이 아니라 나 스스로 누군가에게 도움을 청했고, 시간에 맞춰 병원을 찾았으며(아무도 억지로 시킨 것이 아님에도 불구하고) 약을 먹는 능동적 행동을 했으며, 진료실에 오는 시간 이외의 많은 일상 활동에서 본인이 스스로의 행동을 통제하려 노력하며 작은 행동들을 실천하려고 했기에 호전되었다고 생각하는 것이 중요합니다. 이것이 사실이고 본질입니다. 야구 선수가 배트를 가지고 홈런을 쳤습니다. 이때 홈런을 배트가 친 것일까요? 선수가 배트를 잘 사용해서 홈런을 친 것입니다. 병원이건 치료자이건 약이건 배트에 불과합니다. 내가 내 필요에 따라 배트를 부여잡게 된 것이고 그것을 활용해 내 문제를 해결하는 홈런을 칠 수 있게 된 것입니다. 아무나 그렇게 할 수 있는 것도 아니며 심지어 누구는 배트를 손에 쥐여 주어도 잡으려 하지 않는 경우도 있습니다. 스스로의 노력을 과소평가하지 마세요.

Dialogue for Depression			
Category	*Depression*	**No.**	*003*

집중력이 너무 떨어지는 것 같아요

집중력이 좋냐는 질문에 좋다고 자신 있게 이야기할 수 있는 사람이 그렇게 많지는 않습니다. 모든 정신적 활동의 최종 결과물에 해당하는 집중력은 마치 주식 시세와 비슷하게 순간순간 변화를 거듭합니다. 왜냐하면 일상에 자극이 너무 많기 때문입니다. 잘 집중하고 있다가도 갑자기 신경이 쓰이는 문자 메시지를 받게 되면 그 순간 집중력은 하향 곡

선을 그리게 됩니다. 옛말에 '오만 가지 생각이 든다'는 말이 있는데 실제로 사람은 하루에 오만에서 육만 가지 정도의 생각을 한다고 합니다. 그렇게 많은 생각이 불쑥불쑥 들어오고 있는 상황에서 내가 해야 하는 일이나 학업 등의 활동에 고도의 집중력을 발휘한다는 건 사실 누구에게나 쉽지 않은 일입니다. 그럼에도 불구하고 처한 상황에서 최선의 능력을 발휘하려 노력하면서 생활하고 있는 것입니다.

집중력이 좋다는 것은 무엇을 의미할까요?

첫째, 중요하지만 지루할 수도 있는 상황에서 일정 시간 이상 집중력을 유지할 수 있는가 입니다. 주의력장애가 있는 아이의 부모가 많이 하는 이야기가 있습니다. "우리 아이는 좋아하는 것을 할 때는 누가 업어 가도 모를 정도로 집중을 잘해요." 그런데 이는 누구나 그렇습니다. 자신이 재미있어하는 일에 집중을 못하는 사람은 없습니다. 하지만 중요한 것은 지루함에도 불구하고 해야 하는 일에 일정 시간 집중할 수 있는 능력입니다. 학교의 수업시간은 이러한 관점에서 아이들의 발달과정을 염두에 두고 정해진 것입니다. 저학년보다 고학년의 집중력이 더 발달했기 때문에 고학년의 수업시간이 더 깁니다. 나이를 먹는다고 무한정 길게 집중할 수 있는 것은 아닙니다. 성인이라도 1시간 이상 특정 주제에 집중하기는 어렵습니다. 2시간 연속 강의는 그런 면에서 인간의 집중력 한계를 무시한 처사라고 볼 수 있습니다. 반면 영화관에서의 2시간이 넘는 상영시간은 상관없습니다. 기본적으로 재미를 추구하는 콘텐츠이고 스스로 선택한 것이지 영화를 봐야 하는 의무가 있는 것은 아니니까요. 집중력의 문제가 있는 경우에는 중요한 것을 지속할 수 있는 능력의 결핍을 유발하고 이는 가지고 있는 지적 역량을 충분히 발휘하지 못하게 되는 상황을 초래합니다. 공부를 더 잘할 수 있음에도 기대보다 낮은 성적을 받게 되고, 일을 더 잘 해낼 수 있음에도 잦은 실수로 성취감이 저해되는 상황이 발생합니다.

둘째, 덜 중요한 자극에서 더 중요한 자극으로 적절하게 옮겨갈 수 있는가 입니다. 게임을 하는데 엄마가 "숙제해야

지"라고 이야기할 때 행동을 적절하게 이동할 수 있는 것을 말합니다. 물론 아이 입장에서는(어른도 마찬가지겠지만) 노는 것이 훨씬 재미있을 테니 매우 어려운 과제임에 분명합니다. 그럼에도 재미의 유혹을 뒤로 하고 중요한 과업으로 이동합니다. 소위 말하는 욕구 충족을 미루는 능력입니다. 성공한 사람들의 95%는 욕구 충족을 뒤로 미루는 능력을 가지고 있습니다. 5% 이내의 특수한 경우에는 자신이 꽂힌 일에만 몰두하면서도 남들이 해내지 못하는 큰 성취를 이루어내기도 합니다. 주의력에 문제가 있는 경우 행동 변화에 대한 요구를 듣더라도 그냥 본인이 심취하고 있는 행동에만 몰입하곤 합니다. 결국에는 잔소리를 듣게 되죠. 꾸중을 들어 좋은 사람은 없습니다. 어린 시절부터 누적된 부정적 피드백은 아이들의 정서 발달에 해를 주어 낮은 자존감 형성에 기여하게 됩니다.

집중력을 판단하는 위의 두 기준에 대해 '그렇다'고 응답하기 어려운 경우 주의력결핍 문제를 정밀하게 평가해볼 필요가 있습니다. 조기에 발견해 적절하게 개입한다면 공부나 과업 성취는 물론 건강한 자존감을 획득할 수 있게 됨으로써 정서적으로도 안정감을 유지할 수 있게 됩니다.

상한 음식을 먹게 방치해서는 안됩니다

ADHDAttention Deficit Hyperactivity Disorder는 소아 청소년기에 주로 나타나는 문제로 알려져 있었습니다. 학동기 아동의 5% 정도에서 발생한다고 하는 만큼 결코 드물게 나타나는 문제는 아닙니다. 자유로운 환경이었던 어린이집이나 유치원에서 좀 더 구조적인 환경으로 들어가는 초등학교로 올라가면 문제가 명확하게 보이기 시작합니다. 선생님 말에 집중하지 못하는 건 당연하고 주변 아이들에게 장난을 겁니다. 아주 심한 경우에는 벌떡벌떡 일어나 돌아다니는 아이들도 있습니다. 이러한 아이들은 학교나 학원 선생님들에게 지적을 받기도, 꾸지람을 듣기도 합니다. 심지어 또래 아이들에게 미움을 사기도 하면서 아이들은 마음에 상처를 받고 이를 누적시켜나가게 됩니다.

사람이 신체적으로 건강해지려면 좋은 음식물을 섭취해야 합니다. 그런데 만약 전쟁이 났다거나 옛날이야기지만 심각한 흉년이 들어서 먹을 것이 부족하거나 없어지게 되면 사람은 살기 위해서 뭐라도 먹어야 하기에 상한 음식이라도 찾게 됩니다. 상한 음식이라 하더라도 그 안에 어느 정도의 영양소는 있기 때문이지요. 정신적으로 건강해지려면 칭찬과 긍정적 관심이 필요합니다. 그런데 ADHD는 칭찬과 긍정적 관심을 받는 데 있어 큰 방해요인이 됩니다. 꾸지람을 듣는 데 익숙해지면서 긍정적 관심을 받는 방법을 잊게 된다면 사람들은 본능적으로 부정적 관심이라도 받기 위한 행동을 취합니다. 긍정적이건 부정적이건 관심을 받아야 인간으로서 생존할 수 있기 때문입니다. 심각한 수준의 자폐나 정신지체 장애가 아니라면 주변의 관심을 받지 못하는 사람은 심리적으로 죽은 상태라고 할 수 있습니다. 칭찬받는 방법을 습득하지 못하고 계속 부정적 관심으로만 살아가야 하는 ADHD는 성장하면서 우울증으로 발전하거나 사회적 문제행동을 일으키게 되는 경우가 생기곤 합니다. 전문의 취득 이후 소아 청소년 정신의학 연구 강사를 하던 시절, 한 보호 관찰소에서 소년 범죄를 일으킨 청소년들을 대상으로 조사를 해본 적이 있습니다. 70~80% 정도가 초등학교 생활기록부에 '주의가 산만하고 부산함'이라고 적혀 있었고, 70%가 넘는 청소년들은 조사 당시에도 주의력 문제를 보이고 있었습니다. 어린 시절의 주의력 문제를 제대로 치료하지 않고 방치했을 때 부정적 자기 이미지가 누적되면서 주변에 대한 분노의 감정으로 이어질 수 있다는 이야기입니다. ADHD 아동들이 나중에 범죄자가 된다고 이야기하는 것이 아닙니다. 그러나 청소년 범죄자 중에 적지 않은 경우 ADHD 문제를 어려서부터 가지고 있었다는 것 역시 부정할 수 없는 사실입니다. 그래서 소아 청소년기의 주의력 문제는 항상 염두에 두고, 치료가 필요한 경우라면 적극적으로 치료에 나설 필요가 있습니다. 아이들은 생존을 위해 어쩔 수 없이 상한 음식을 찾게 되지만 어른들은 좋은 음식을 주려고 노력해야 하기에 아이들이 가지고 있는 방해요인, 즉 주의력 문제를 해결해줘야 합니다.

자기만족감을 떨어뜨리는 주범, 성인 ADHD

성인이 되면 뇌가 발달하면서 과잉 행동을 보이는 양상은 상대적으로 감소하게 됩니다. 그러나 글이 잘 안 읽힌다든지 사람들과 대화할 때 이해가 잘 안된다든지 하는 집중력 저하 양상은 성인기까지 이어지는 경우도 있습니다. 성인이 되어 ADHD 진단을 받는 분 중에 25%만 소아 청소년기에 ADHD 진단을 받았다고 합니다. 즉 75%는 진단을 받지 못해 치료하지 못하고 성인이 되었다는 이야기일 수도 있고, 소아 청소년기의 ADHD와 별개의 기전으로 성인기에 집중력의 문제가 새로이 발생한 것일 수도 있습니다. 실제로 진료실에서 만나는 분들 중에 적지 않은 분들이 어려서는 집중력의 문제가 없었다고 토로하기도 합니다.

소아 청소년 ADHD와는 달리 성인 ADHD는 우울, 조울, 강박 등의 문제가 동반되는 경우가 약 80%에 이르고 있다는 결과로 미루어볼 때, 성인 ADHD는 다양한 정신적 문제의 결과로 야기되는 하나의 증후군일 가능성이 큽니다. 그렇기에 성인기 집중력 부족 현상은 여러 종류의 문제를 야기합니다. 대학 진학 이후의 학업 성취도에도 문제를 가져올 수 있고 취업 준비를 하는 데 있어 본인이 가지고 있는 능력을 제대로 발휘하지 못해 실패를 반복하기도 합니다. 취업을 했다고 해도 업무를 수행하는 데 실수가 잦고 상사의 지시를 제대로 이해하지 못하는 등의 문제, 동료와의 의사소통 문제가 발생합니다. 감정 기복 양상 등으로 대인관계에서의 갈등 상황을 종종 경험하거나 안정적 이성교제도 방해받는 경우가 많으며 결혼 이후에는 주의집중력 문제로 인해 부부간의 심각한 갈등 상황이 발생하는 경우도 잦습니다.

성인 ADHD는 이미 일반 대중들에게도 널리 알려져 있는 개념입니다. 진료실에서도 "어떻게 오셨나요?"라는 질문에 "ADHD가 아닌가 해서 왔어요"라고 하는 분들을 심심찮게 볼 수 있습니다. 그러나 성인 ADHD에 대한 인식이 많이 확산되었다고 해도 여전히 치료율은 높지 않습니다. 치료를 받고 있는 20% 정도의 사람을 제외하고는 주의력 문제로 인해 힘든 일상을 살아가고 있습니다. 남들은 동그란 공처럼 삶이 부드럽게 굴러가는데, ADHD 문제로 고전하는 사람들은 각진 도형이 덜그럭거리면서 굴러가는 듯한 삶을 살게 됩니다. '당연히 그렇겠거니, 어쩔 수 없는 문제겠거니, 내 능력이 거기까지밖에 안 되는건가보다'라고 생각하면서 말입니다. 누가 뭐라고 하는 것도 스트레스지만 더 중요한 문제는 자기만족감이 저하되는 것입니다. 어깨를 딱 펴고 자신감 있게 세상과 조우해야 하는데 자기도 모르게 찌그러진 상태로 살아가게 됩니다. 시속 100km 이상 너끈히 달릴 수 있는 자동차를 가지고 시속 50~60km의 속력만 낼 수 있다면 엄청난 손실이죠. 자연스럽게 남들과 나를 비교하면서 자존감은 더 떨어집니다. 그렇기 때문에 집중력 저하는 우울감을 동반하는 경우가 흔합니다.

우울, 강박 그리고 ADHD

집중력의 문제로 인한 자기만족감의 저하가 우울한 감정을 유발하기도 하지만 우울증의 주요 증상 중 하나가 집중력과 같은 인지 기능의 저하이기도 합니다. 정신적 에너지의 고갈, 살해보고자 하는 의욕의 감퇴, 부정적 자기인식과 비관적 미래에 사로잡혀 있는 우울의 상태에서 눈앞의 과제에 집중하기는 너무나 어려운 일이 됩니다. 진료실에서는 가장 효과적인 치료를 위해 우울과 집중력의 상관관계를 파악하고 플랜 A(우울을 치료해 집중력을 개선시킴)와 플랜 B(집중력을 우선 개선시킴으로써 자기만족감을 높이고 이를 통해 우울감을 호전시킴) 전략을 수립합니다. 사람에 따라 누구에게는 플랜 A를 먼저, 누구에게는 플랜 B를 먼저 적용하게 되는 것이죠.

다음으로 흔히 공존하는 것이 강박입니다. 생물학적으로 집중력 문제는 강박과 사촌지간이기 때문에 강박적 양상과 집중력의 문제가 동시다발적으로 나타나는 경우가 흔합니다. 강박은 쉽게 이야기해서 '생각 당하는 것'을 말합니다. 잡념이 많다고 표현하기도 하고 생각이 꼬리에 꼬리를 문다고 이야기하기도 합니다. 생각을 계속 당하다 보면 당연히 집중력이 떨어집니다. 하루 종일 얼굴 주변에 모기 몇 마리가 앵앵거리며 쫓아온다고 생각해보세요. 집중이 제대로 되겠습니까? 집중력을 발휘해야 하는데 모기가 자꾸 방해한다면 살충제를 뿌려 모기를 쫓아야 합니다. 살충제를 뿌린다는 것은 강박에 대한 약물 치료를 의미합니다. 실제로 강박에 대한 약물 치료만으로도 집중력을 효과적으로 회복시킬 수 있습니다.

Dialogue for Depression

Category	*Depression*	No.	*004*

너무 자책을 많이 하는 것 같아요

"하루를 마치고 그 하루를 돌아보며 반성하다 보면, 자기 자신과 타인의 잘못을 깨닫고 결국에는 우울해지고 만다. 자신의 한심함에 분노를 느끼고 타인에 대한 원망이 생기기도 한다. 그것은 대개 불쾌하고 어두운 결과로 치닫는다. 이렇게 되는 까닭은 당신이 지쳐 있기 때문이다. 피로에 젖어 지쳐 있을 때 냉정히 반성하기란 결코 불가능하기에 그 반성은 필연적으로 우울이라는 덫에 걸려들 수밖에 없다. 지쳤을 때에는 반성하는 것도, 되돌아보는 것도, 일기를 쓰는 것도 하지 말아야 한다. (중략) 그저 충분한 휴식을 취하라. 그것이 스스로를 위한 최선의 배려다."

- 《초역 니체의 말》[3] 중에서

가치 판단을 잠시 보류하는 것은 매우 중요합니다. 삶이 지치고 힘들어서 모든 관계와 헤어지고, 삶 자체를 끝내고 싶은 마음이 들 때 일단 보류하고 아무것도 하지 않는 것이 어쩌면 발버둥치다 더 깊이 부정적 감정의 늪에 빠져드는 일을 예방하는 현명한 방법일 수 있습니다.

마음속 검사와 변호사

마음속에 판사와 검사, 변호사가 있습니다. 검사는 내가

3 프리드리히 니체 저, 시라토리 하루히코 편, 박재현 역(2012), 삼호미디어, P.23.

자꾸 무엇을 잘못했다고 몰아세웁니다. 실제로 죄가 없음에도 유죄라고 주장합니다. 그런데 웬일인지 변호사는 필요한 증거를 요구하지도 않고 변론도 하지 못합니다. 판사는 검사의 의견을 들어 유죄로 판결을 합니다. 나는 졸지에 잘못한 사람이 되어 버립니다. 변호사의 직무유기란 어마어마한 것입니다.

사람은 불완전하기에 실수를 할 수 있고 잘못을 저지를 수도 있습니다. 빵 하나를 훔쳤다고 가정해보죠. 내 마음속 검사는 징역 10년을 구형합니다. 변호사는 무엇을 해야 할까요? 잘못한 것은 맞으니 검사의 구형을 그냥 받아들여야 할까요? 아니죠. 잘못한 만큼의 벌만 받으면 됩니다. 변호사는 "말도 안되는 이야기하지 말고 법과 판례에 따라 타당한 처벌로 결정되어야 한다"고 변론해야 합니다. 그렇지만 우울한 사람들의 마음속 변호사는 직무 태만한 경우가 많습니다.

우울한 분과 이야기를 할 때 다른 사람들이 나를 싫어하는 것 같다는 소재가 종종 등장하곤 합니다. 그렇게 생각하는 근거가 있는지 물어보면 딱히 증거를 제시하지 못하는 경우가 흔합니다. 우울하기 때문에 부정적인 생각을 하게 된 것인지, 부정적인 생각 때문에 우울해지게 된 것인지 불분명한 경우가 많지만 어찌 되었든 우울한 상태에서 이 두 가지 요소는 지속적인 상호 작용을 통해 나의 우울한 상태를 악화시켜 나갑니다.

따라서 생각을 되짚어볼 때 우선적으로 필요한 것은 느낌표가 아닌 물음표를 던지는 것입니다. 예를 들어 나를 무시한다는 생각이 들었다면 생각에 느낌표를 찍어 믿는 게 아니라 물음표를 붙여 확인해봐야 한다는 것입니다. 물론 누구에게나 나를 무시하는 것 같다는 생각은 찾아올 수 있습니다. 맹목적으로 '저 친구는 나를 절대 무시할 리가 없어'라고 생각하자는 것은 아닙니다. '진짜 무시하는 것일까?'라는 질문을 스스로에게 던져보자는 것입니다. 실제로 어떤 부분에 대해서는 내가 무시당하는 경우도 있을 수 있습니다. 하지만 실제로는 그렇지 않은 경우도 많습니다.

스스로 한 번 생각해보세요. 내가 주변 사람들에게 항상

100%의 집중도를 유지하면서 살고 있다고 자신할 수 있습니까? 다른 사람들의 말에 항상 귀 기울이며 집중해 반응할 수 있습니까? 만약 그렇지 못한다고 하면 그건 그 사람을 무시하기 때문입니까? 무시하기 때문에 그런 경우도 있지만 다른 걱정거리에 신경을 쓰느라 제대로 집중하지 못하는 경우도 있고 아침에 기분이 상하는 일이 있어서이기도 합니다.

자기 규정, 마침표를 물음표로 바꾸기

'가스라이팅'이란 거짓말, 사실에 대한 부정, 모순된 표현, 비난 등을 통해 상대방 스스로 자신의 판단력을 의심하게 만드는 행위를 말합니다. 부정적 자기 규정과 그로 인한 죄책감은 스스로를 '가스라이팅' 피해자로 몰아가는 것과 다름이 없습니다. 자기 규정은 매우 조심스럽고 신중하게 해야 하는데 우리가 하는 말은 그 자체로 의식적, 무의식적으로 강력한 힘을 가지고 있기 때문입니다. 부정적 자기 규정을 피하려면 어떻게 해야 할까요? 앞에서도 이야기했지만 느낌표나 마침표를 물음표로 바꾸는 것입니다.

나 스스로에 대해서 판단하고 규정하는 작업에도 물음표는 중요합니다. '나는 뭐 하나 제대로 하지 못하는 사람이야'라고 자신을 규정해버리면 그때부터 우리는 '제대로 하지 못하는 사람'이라는 프레임 내에서 시합을 하는 것과 마찬가지입니다. 생각은 그 틀에서 벗어날 수 없으며 심지어 성취하는 경험을 한다 하더라도 '제대로 하지 못하는 사람'이라는 범주 내에서 겨우 얻어지는 소소하면서 별 의미 없는 성취로 받아들이게 될 뿐입니다. '나는 뭐 하나 제대로 하지 못하는 것 같다는 생각이 들어, 그런데 그게 맞을까?'로 문장을 바꾸는 것에서부터 시작해야 합니다.

직장에서 이런저런 스트레스 상황에서도 어렵사리 일을 해나가고 있는데 어느 날 상사가 와서 한마디 합니다. ①"김 대리, 일은 하지 않고 뭐하고 있나?" 이 말이 맞는 말인가요? 틀린 말이죠. ②"김 대리, 일은 한다고 하는 것 같은데 성과가 없어. 도대체 어떻게 할 셈인가?" 이 말은 그나마 사실에 좀 더 가까워진 것 같습니다. 놀고 있지 않다는 것은 알고 있

으니까요. ③"김 대리, 일을 열심히 하고 있는데, 이런 부분의 성과는 나름 괜찮은데 이 부분은 아쉽네" 이 말이 가장 사실에 가까운 말이겠죠. ①번과 같은 상황에 처하게 되면 억울하고 화가 날 것입니다. ②번 상황에서는 심적 부담감이 가중될 것입니다. ③번 상황에서도 심적 부담감은 생길 수 있지만 건전한 에너지로 전환될 가능성이 큰 부담감입니다.

①번과 같은 방식으로 이야기하는 상사와 일을 할 수 있겠습니까? 그러니까 우리도 자기 자신을 그렇게 대하면 안 됩니다. 자기에 대한 규정을 굳이 한다면 어느 한 단어나 문장으로 표현해버리는 것이 아니라 최대한 구체적으로 풀어서 설명하는 것이 좋습니다. '나는 이건 괜찮고 이런 것들은 그저 그렇고 이쪽은 영 별로네'라는 식으로 말이죠. 이것이 있는 그대로의 사실에 더 가까울 것입니다. 사람마다 잘하거나 보통이거나 못한다고 인식하는 것의 비율은 다르지만 아무리 못하는 것이 많은 사람이라 하더라도 굳이 그 모습을 나의 대표 선수로 내세울 필요는 없습니다.

누구나 덩크 슛을 할 수 있는 것은 아닙니다

농구라는 스포츠의 묘미 중 하나가 시원하게 내리꽂는 덩크 슛입니다. 그런데 매우 멋있어 보이는 이 슛을 모두가 할 수는 없습니다. 실력 여부와 상관없이 최소한 연습 상황에서는 할 수 있어도 실제 시합에서 자유자재로 덩크 슛을 구사하는 국내 선수는 많지 않습니다. 농구 대통령으로 불리는 허재 씨도 현역 시절 한 번도 시합 중에 덩크 슛을 성공시킨 적이 없었다고 합니다. 그렇다고 허재 씨의 농구 실력을 무시할 수 있나요? 무시는커녕 역대 최고의 실력으로 자타가 인정하고 있지 않습니까? 덩크 슛을 하지 못한다고 농구를 못하는 것이 아닙니다.

자신이 가지고 있지 않는 능력에 대한 과도한 탐닉은 자기인식을 부정적으로 만들 수 있기에 소위 꿈과 현실을 잘 구분하는 것이 중요한데, 이것이 생각보다 쉽지 않습니다. 상담 중에도 분명 달성하기 쉽지 않은 목표를 설정하고 있는 사람들을 종종 만날 수 있습니다. 그런데 섣부르게 “그 목표는 이루기 너무 어려운 것 같은데, 플랜 B를 찾아보면 어떨까요?”라는 이야기를 쉽게 꺼내긴 어렵습니다. 자칫 잘못하면 꿈을 꺾어 버리는 것이 될 수도 있고 어쩌면 유일하게 부여잡고 있는 동아줄을 끊어 버리는 것이 될 수도 있어서 사전 작업에 공이 많이 들곤 합니다.

한 청년이 있었습니다. 탁구 선수를 목표로 하고 있었고 더 나아가서 탁구 국가 대표가 되는 것을 꿈으로 가지고 있었습니다. 실제로 아주 훌륭한 탁구 실력을 가지고 있었지만 매번 반복되는 실패로 인해 좌절감과 우울감, 더 나아가서는 극단적인 생각마저 하고 있던 청년이었습니다. 현재 우리나라 지역 사회에는 시군구 별로 '정신건강 복지센터'라는 곳이 있습니다. 병의원과 함께 협력해서 병의원이 제공하지 못하는 다양한 사회적 서비스를 제공함으로써 대상자들의 삶의 질을 높이는 데 기여하고 있는 공공 서비스 기관입니다. 저는 그 청년을 센터에 의뢰하였고 그곳에서는 전 국가 대표 탁구 선수를 섭외해 청년에게 테스트를 받도록 했습니다. 테스트 후 전 국가 대표 탁구 선수는 이렇게 말했습니다. "탁구를 아주 잘 하지만 나이나 현재의 실력을 볼 때 프로 선수가 되기는 현실적으로 어렵다고 봐요. 아마추어 상위권을 목표로 충분히 즐기고 성취감을 느낄 수 있는 좋은 취미활동으로 남겨놓는 것이 좋을 것 같아요." 우려와는 달리 그 청년은 흔쾌히 그 제안을 받아들였습니다. 조금 늦었지만 대학에 진학해보겠다고 하더군요. 물론 탁구는 취미로 하면서요. "원 없이 테스트를 받았더니 상담 내용이 충분히 납득이 돼서 받아들일 수 있었습니다." 청년이 했던 말입니다. 그 청년은 탁구를 '해야 되는 것'에서 '하고 싶은 것'으로 변경한 것입니다. 하고 싶은 것이란 해도 되고 안 해도 되고 잘해도 되고 못해도 된다는 특성을 가지고 있기에 마음이 훨씬 자유로워질 수 있습니다. 물론 또 다른 '해야 하는 것'을 찾아나가야 하는 과제를 안게 됐지만 그것은 또 다른 문제일 뿐입니다.

애국가는 1절만 하겠습니다

실수를 해서 잔소리를 들을 때 간혹 "1절만 합시다"라는 말을 하곤 합니다. 충분히 알아들었으니 이제 그만해달라는 의미로 말입니다. 아무리 내 잘못으로 싫은 소리를 듣는다 하더라도 도가 지나치게 되면 반성을 하다가도 화와 짜증이 나게 됩니다.

답답한 상황에서 짜증을, 억울한 상황에서 분노를, 슬픈 상황에서는 슬픔을, 좋은 상황에서는 기쁨을 느끼듯, 특정 상황에서 그에 대한 감정을 느끼는 것은 당연한 반응입니다. 실수하고 잘못한 경우 후회와 죄책감을 가지는 것 또한 자연스러운 현상이며 이런 감정을 느끼지 못하는 사람을 '소시오패스'라 부르기도 합니다. 그런데 문제는 1절로 끝나야 할 이러한 감정이 2절, 3절, 4절까지 반복되면서 눈덩이처럼 계속 부풀려지는 것입니다. 충분히 납득할 수 있는 자기반성의 범위를 벗어나 근거 없는 자기비하로 전개되는 것이죠. 애국가를 4절까지 부르라고 하면 싫어하면서도 스스로에 대한 비난은 무난히 4절까지 마치곤 합니다.

우울을 치료한다는 것은 1절의 감정을 느끼지 않게 하는 것이 아니고(그것은 사실 불가능한 일입니다) 2절, 3절로 넘어가는 것을 막아주는 것입니다. 1절과 2절 사이의 벽을 높이기 위해서 약물 치료로 벽을 쌓기도 하고 심리적 여유 공간을 넓히고 관점을 전환하기 위해 상담 치료를 하기도 합니다. 그런데 우울로 치료를 받는 분 중 이러한 1절의 감정적 반응을 경험하는 것조차 힘들어하는 경우가 있습니다. 우울로부터 회복된다는 것을 '어떠한 마음의 동요도 있어서는 안된다'는 것으로 인식하는 일종의 강박 관념이 생긴 것입니다. 1절은 누구나 경험할 수 있는 감정임에도 이전의 고통스러웠던 경험 때문에 마치 자라보고 놀란 가슴 솥뚜껑 보고 놀라듯 1절의 반응에도 민감한 반응을 보이곤 합니다.

아는 것이 시작입니다. 1절과 2절을 구분할 수 있는 능력은 감정적 자유로움을 선사해줍니다. (다행히도) 별일이 없어서 잘 지낸 것이 아니라 별일이 있어도 잘 지낼 수 있는데, 여기서 잘 지낸다는 것은 어떤 감정적 반응도 없는 것이 아니라 1절까지만 하는 것이 잘 지내는 것입니다. 이런 관점은 언제 무너질까 노심초사 긴장한 상태로 살얼음판을 걷는 것이 아니라, 허리를 펴고 뚜벅뚜벅 씩씩하게 걸어나갈 수 있게 만들어 줍니다. 1절은 상관없습니다. 설사 걸어가다가 잠시 살얼음판을 못 보고 깨져서 발이 빠졌다 하더라도 툭툭 털고 일어나 다시 걸어가면 됩니다.

Dialogue for Depression			
Category	*Depression*	**No.**	*005*

다른 사람에 비해 너무 뒤처져 있는 것 같아요

이런저런 사정으로 대학 입학이 늦어진 청년이 이야기합니다. "대학교는 겨우 들어가서 다니고 있는데 '과연 내가 이대로 졸업하는 것이 맞을까? 졸업한들 무슨 의미가 있는가, 이미 너무 늦어버린 것이 아닌가?'라는 고민이 돼요." 남들이 들으면 다 알만한 꽤 괜찮은 대학을 다니고 있는 학생임에도 이 청년은 이미 늦은 나이에 학교를 졸업하는 것에 대해 무의미함을 부여하고 있습니다. 물론 삶을 어떻게 살아가야 하는지에 대한 정답은 없습니다. 우리는 대학을 졸업하지 않고도 유명 기업을 일군 스티브 잡스Steve Jobs와 마크 저커버그Mark Zuckerberg를 알고 있습니다. 그럼에도 우리는 일반적으로 "그 학교는 좋은 학교니까 졸업하는 것이 당연히 앞으로를 위해서 도움이 될 거야. 지금은 그게 별다른 의미가 없어보일지 모르겠지만…"이라는 뉘앙스를 풍기며 조언을 할 것입니다. 이 학생도 이런 조언을 많이 들었겠지만 그런 조언들이 별로 마음에 와닿지 않으니 진료실에 그 고민을 들고 온 것이라 생각합니다.

자동차 경주에서 왜 바퀴를 교체하는가

자동차 경주를 보면 50여 바퀴의 레이싱 도중에 바퀴를 교체하기 위해 두 번 정도 정비 구역으로 들어갑니다. 이것을 피트 스톱Pit Stop이라고 하는데 1~2초 남짓의 아주 짧은 시간 동안 바퀴를 교체하고 다시 트랙으로 복귀합니다. 바퀴를 교체하는 데 걸리는 시간은 1~2초 정도이지만 규정에 따라 속도를 줄여 완전히 정차한 뒤 바퀴를 갈고 다시 출발해 트랙으로 돌아오는 시간은 약 10초 정도 걸린다고 합니다. 0.1초의 차이로 승부를 내는 F1 경주에서 10초는 어마어마한 시간입니다. F1을 잘 모르는 사람들이 보면 1위로 잘 달리고 있는 선수가 왜 굳이 피트 스톱으로 시간을 소모해 10위권으로 순위가 밀려나야 하는지 이해가 안 될 수 있습니다. 그냥 끝까지 달리면 될 것을 왜 굳이? 물론 규정상 한 번 이상은 의무적으로 피트 스톱을 해야 하기도 하지만, 피트 스톱의 주된 목적은(물론 매우 복잡한 다른 변수들도 있습니다만) 마모된 타이어를 적재적소에 교체함으로써 가장 높은 평균 스피드를 유지하기 위함입니다. 56바퀴의 레이스를 가장 빠른 속도로 주파하기 위해서 10초라는 시간을 소모하는 것입니다. 그런데 모든 선수가 동일한 타이밍에 피트 스톱을 하는 건 아닙니다. 주행 초반 차량에 문제가 생겼거나 다른 차량과의 약간의 충돌로 부품을 교체해야 한다거나 하는 변수들이 발생하면 예상보다 빨리 피트 스톱을 하기도 하는 등 전체 주행 전략과 선수 개개인의 주행 스타일에 따라서 결정됩니다. **여기서 중요한 것은 언제 하는지의 차이만 있을 뿐 모든 선수가 피트 스톱을 한다는 것입니다.** 남들에 비해 너무 뒤쳐진 것 같다는 생각이 들 수 있지만 사정상 남들보다 먼저 피트 스톱을 한 것입니다. 다른 이들도 그들만의 사정에 따른 피트 스톱을 언젠가 하게 됩니다.

나이는 숫자에 불과하다?

'나이는 숫자에 불과하다'라는 말은 정말 너무나 해묵은 표현인데 간혹 진료 상황에서 (위험을 각오하고) 이야기하기도 합니다. 예를 들어 30대 초반에 아직 번듯한 직장에 취업하지 못해서 불안해하고 우울해하는 청년들에게 질문하는 경우가 있습니다. "만약 지금 나이가 25살이면 어떨 것 같아요?" 이 질문에 대해 "훨씬 편할 것 같아요"라고 대답하는 경우, 나이는 숫자에 불과한 것이 맞습니다.

쇼펜하우어Schopenhauer는 인생을 '광각 렌즈와 같은 삶을 망원 렌즈로 찍은 사진들로 이어나가고 있는 것'이라 비유합니다. 광각 렌즈로 찍혀있는 사진의 모든 장면을 망원 렌즈로는 볼 수가 없다는 이야기입니다. 인생에서 '미리 볼 수 없음'이라는 불확실성은 우리를 걱정과 불안에 빠져들게 하지만 경우에 따라서는 희망을 주기도 합니다.

패전 처리 투수를 아십니까?

남들보다 늦은 졸업에 대해 무의미함을 가지고 있는 학생과 또 이런저런 얘기를 하다가 야구를 좋아한다고 해서 이런 질문을 해보았습니다. "야구 선수 중에 가장 주목받지 못하는 포지션이 누구일까요?" 여러분들은 어느 포지션이 가장 주목받지 못하는 포지션이라고 생각을 하십니까? 제 생각으로는 패전 처리 투수입니다. 투수에는 선발 투수, 마무리 투수가 중요하고 중간 계투 중에서도 '필승조'는 중요 포지션으로 여겨집니다. 꼭 이겨야 하는 경기에 나서서 던지는 투수, 그리고 경기에 뒤지고 있더라도 쫓아갈 가능성이 충분히 있다고 판단할 때 필승조가 나서게 됩니다. 이기고 있는 경기를 마무리할 때는 마무리 투수가 나서게 됩니다. 하지만 패전 처리 투수는 감독이 '이 경기는 어떻게 해도 이길 수가 없어'라고 판단하는 경우에 등판하게 됩니다. 어차피 경기는 포기했습니다. 그런데도 투수는 등판해야 합니다. 프로 스포츠에 기권은 없으니까요. 그 투수는 어떤 마음가짐을 가지고 등판을 할까요? '나는 패전 처리 투수밖에 안 되는구나'라는 생각을 가지고 별다른 동기부여 없이 등판하는 사람도 있을 것이고, '이 경기를 통해 실전 경험을 쌓아서 더 잘하는 선수가 될 거야'라는 기대를 걸고 등판하는 선수들도 있을 겁니다.

심리적인 관점으로 보면 패전 처리 투수의 의미는 끝을 내는 겁니다. 새로운 시작이 있으려면 끝이 있어야 합니다. 그런데 항상 이기는 것으로만 마무리 지을 수는 없습니다. 야구 시즌이 한 경기만 있는 것이 아니기에 또 다른 승부를 위해 선수단 전체를 관리하고 한 경기 한 경기 마무리를 잘 지어야 합니다. 비록 지금 경기는 지고 있지만 그 마무리를 위해서 제 역할을 감당해내는 선수가 패전 처리 투수이고, 그 패전 처리 투수는 전체 선수단에 특정한 역할을 수행해 나가고 있는 겁니다. 내가 현재 인생이라는 길고 긴 경기에서 한 게임, 한 게임을 패배가 두려워 제대로 마무리하지 않는다면 전체 시즌을 망치게 될 것입니다. 그래서 우리는 지금은 별로 의미 없어 보이더라도 현재 마주하고 있는 상황에 대한 마무리를 잘 지어놓는 것은 중요합니다. 광각 렌즈로 찍힌 사진의 다음 장면이 어떻게 펼쳐질지 우리는 모르기 때문입니다.

Dialogue for Depression

Category	*Depression*	No.	*006*

세상에서 나만 혼자인 것 같아요

이제 대학교 졸업반인 20대 여성입니다. 정신건강의학과에서 우울증 치료를 받은 지 2년이 훌쩍 넘었습니다. 한때는 온종일 죽고 싶다는 생각만 할 정도로 힘들었지만 꾸준히 치료를 받으면서 지금까지 그럭저럭 살고 있습니다. 좋은 치료자를 만나기도 했고, 가족들과 친구들이 한결같이 그녀 옆에서 힘이 되어주었던 것입니다. 결정적으로 그녀의 친구 중에는 우울증으로 치료를 받고 있는 A가 있었고 그의 존재가 삶의 큰 원동력이 되었다고 합니다. 다른 사람들이 잘 이해하지 못하거나 막연하게 위로만 건넬 때에도 A가 자신도 그렇게 생각했다고 이야기해주면 '내 옆에 날 온전히 이해해주는 사람이 있구나'라는 생각에 힘이 되기도 했습니다. 물론 서로 우울하고 힘들 때 A와 깊은 대화를 하다 보면 부정적 감정이 더 깊어질 때도 있어 더 힘들어지기도 했다고 합니다.

그런데 어느 순간부터 A가 우울해지면서 감정적으로 멀어지는가 싶더니 점점 자신과 이야기하는 것을 꺼리는 것 같은 느낌이 들었다고 합니다. 친구의 마음은 알 수 없고 혼자 고민하고 걱정하는 날이 지속되자 익숙지 않은 좋은 감정에 적응하려 노력하던 그녀는 다시 익숙한 감정인 부정적인 감정에 빠져들게 되면서 다시 우울해지기 시작했습니다. '역시 난 어쩔 수 없어'라고 체념하게 되고, 소중한 친구는 혼자 그렇게 힘들어하는데 자신만 행복하게 사는 건 배신이라는 생각이 들어서 약도 안 먹고 병원도 찾지 않았다고 합니다. 다시 자살에 대한 생각이 들기도 하고요. 그녀는 더 이상 나아지기 위해 노력하고 싶지도 않고, 그냥 자기 인생은 답이 없다는 생각과 함께 혼자라는 고립감에 깊숙이 빠져들었습니다.

Safety Feeling

알베르 카뮈Albert Camus의 에세이 《시지프의 신화》[4]에 다음과 같은 말이 나옵니다.

"자살에는 수많은 동기가 있는데 일반적으로 볼 때 가장 표면적인 이유들이 가장 유력한 이유들은 아니었다. (중략) 바로 그날, 절망에 빠진 사람의 친구 하나가 그에게 무관심한 어조로 대꾸한 적은 없었는지 알아보아야 할 것이다. 바로 그자가 죄인이다. 그것 한가지만으로도 그때까지 유예 상태에 있던 모든 원한과 모든 권태가 한꺼번에 밀어닥치기에 충분하기 때문이다."

---

4 알베르 카뮈 저, 김화영 역(2017), 민음사, P.18.

같이 우울했던 친구와 공감하고 서로의 상처를 보듬어주고 도와주려고 하는 노력은 우울증 회복에 큰 힘이 됩니다. 공감의 힘이라고 할 수 있죠. 어떻게 생각하면 공감의 힘은 곧 안전하다는 느낌을 의미하기도 합니다. 공감적 관계를 맺어나간다는 건 '내 아픔을 이야기해도 거절당하지 않겠구나', '이해받을 수 있겠구나'하는 안전함이 전제되어야 합니다. 안전함을 느낄 수 있는 것이 내 감정을 잘 정리해나가는 데 있어서 굉장히 중요한 주춧돌이 되는 것이죠. 소위 '마이너리티Minority' 그룹들이 공동체 활동을 많이 하는데 이는 세상이 자신들을 이해해주지 못할 것이라는 불신과 세상에 전달하고 싶은 메시지를 전하기 위해 힘을 모으는 의미도 있지만 내 모든 것이 오픈되어도 안전하다는 것, 안정감이 아닌 안전Safe하다는 것을 느끼기 위함이라는 의식적 또는 무의식적 동기가 있다고 볼 수 있습니다. 안전은 가장 기본적인 인간의 욕구입니다. 안전해야 좀 더 고차원적인 삶의 가치들을 추구해나갈 수 있습니다. 물리적 안전과 더불어 심리적으로 느낄 수 있는 안전감Safety Feeling은 매우 중요한데 그런 안전하다는 느낌을 공유할 수 있는 친구가 멀어진다는 것은 다시 말해 스스로 위험에 다시 노출될 수 있다는 두려움을 느끼는 것과 같습니다.

안전하다는 감정을 위해 관계의 경계선을 제한하는 것은 순기능도 있습니다만, 약간 다른 관점으로 볼 수도 있습니다. 예전에 성 소수자의 정신건강을 주제로 세미나에서 나온 이야기입니다. 그때 참석했던 한 정신과 의사가 자기는 성 소수자에 대한 관심이 많아 어떻게든 돕고 싶은데 그 진입장벽이 높다는 이야기를 했습니다. 그랬더니 단체의 관계자가 "사실 그렇다. 당사자가 아니면 전문가라도 이해하지 못할 것이라고 생각한다. 그렇기 때문에 우리 공동체로 성 소수자가 아닌 전문가들이 들어오는 것은 사실 마뜩지 않다"고 이야기합니다. 자살 유가족도 비슷합니다. 전문가가 자살 유가족의 트라우마에 대한 이야기를 하는 데 있어서 어딘지 모르게 장벽을 세우고 듣는 느낌이 들다가도 그 전문가가 "사실은 나도 그래요. 나도 자살 유가족이에요"라고 이야기를 하는 순간 유가족들의 심리적 장벽은 허물어집니다. 똑같은 이야기임에도 불구하고 듣는 사람의 마음에 따라, 즉 안전함을 느끼는 정도에 따라서 반응은 달라질 수 있다는 것이죠. 그렇기 때문에 외부에 대한 심리적 장벽은 스스로 세우는 것일 수도 있습니다. '나를 이해할 수 없어'라는 심리적 장벽을 세우고 그 장벽을 넘어오려고 하는 사람들을 엄격하게 심사하는 것입니다. 매우 자연스러운 심리적 반응이기 때문에 그것이 잘못이라는 것은 아니지만 그런 현상이 있다는 것을 아는 것 역시 중요하다는 이야기입니다.

비빌 언덕 만들기

병원이건 상담센터이건 도움이 필요해서 찾아가는 자발적 행위에는 그런 심리적 장벽을 스스로 낮춘다는 요소가 포함되어 있습니다. '누구라도 이쪽으로 건너와서 나를 도와줘'라며 장벽을 낮추고 스스로 문을 여는 것이죠. 이렇게 자기개방을 하다 보면 수치심과 비슷한 감정이 동반될 수 있습니다. 처음 정신과에 내원한 분들이 많이 하는 첫 번째 표현이 있습니다. "어떻게 말을 해야 할지 모르겠네요. 이런 곳은 처음이라서…." 내 이야기를 누군가에게 시작하는 것은 쉽지 않습니다. 진료실은 취조실이 아니기 때문에 필요한 이야기부터 시작하면 되고 이는 내과나 다른 진료과목과 다르지 않습니다. 이어서 하고 싶은 이야기를 하면 되고 하기 힘들지만 중요한 이야기는 상담 과정에서 자연스럽게 나오게 됩니다.

정신건강의학과가 다른 진료과목과 다른 부분은 사회적 관계 형성의 한 축이 될 수 있다는 점입니다. 우울과 불안의 증상으로 인해 일시적으로 의미 있는 사회적 관계에서 고립되기도 하지만 적지 않은 경우에서는 아예 의미 있는 관계 자체가 부재하기도 합니다. 사회적 관계의 시작이자 최종 보루인 부모와의 관계가 제대로 형성되지 못한 경우 그럴 위험성이 커집니다. 성인이 되어가면서 이런저런 사회적 관계가 만들어지는 듯 싶다가도 쉽게 파국으로 치닫는 것도 애당초 부모와의 안전하고 안정적인 관계가 만들어지지 않았기 때문입니다.

우울한 청년들에게 "만약 당신이 다른 부모 밑에서 성장했다면 지금과 똑같은 모습과 성격으로 성장했을까요?"라고 질문을 하면 대부분은 (거의 전부라고 할 수 있습니다) "그렇지 않을 것 같다"고 대답을 합니다. 단순히 부모 탓을 한다거나, 원망을 하려는 게 아니라 당연히 그렇다는 것을 확인하는 것입니다. 어린아이 때부터 부모로부터 지대한 영향을 받으면서 성장하는 것이 사람이기 때문에 당연히 내가 생각하는 가치관은 부모로부터 영향을 받을 수밖에 없습니다. 아이가 잘했을 때, 못 했을 때 부모로부터 받는 언어적, 비언어적 표현과 반응들이 가치관과 자기 이미지를 결정하게 되는 것이죠. 더구나 부모에게 폭력과 학대를 당한 경우라면 부정적 자기 이미지는 더욱더 강해집니다. '너는 나쁜 애야. 너는 모자란 애야'라는 식의 메시지가 계속 반복되어 마음속 깊이 누적되면 부정적 자기 이미지가 내재화되고 성인이 되어서 사사건건 내면의 부모상이 자기 스스로를 비난하게 되는 겁니다. 그렇기 때문에 부모가 양육 태도를 바꾸었다고 하더라도 이미 내재화된 부모상은 여전히 나를 위협

할 수 있습니다. 스스로 아무것도 할 수 없는 어린아이가 상처 입었던 경험의 감정들을 성인의 시선으로 재해석하는 것이 치료의 과정입니다. 누군가의 잘잘못을 따져 묻는 게 목적은 아니지만 '아, 그런 것이구나'라고 인정하고 받아들이는 것부터 시작되어야 합니다. 오랜 시간 누적되었기에 단기간에 마법같이 해결되긴 어렵고 긴 호흡을 가지고 치료자와 작업을 해나가야 합니다. 이 과정에서 서로 지치기도 하지만 병원과 치료자는 언제든 찾아와서 비빌 수 있는 언덕이 되어야 합니다. 이렇게 치료적 동맹관계를 만들어 나가는 것을 '비빌 언덕 만들기 프로젝트'라고 부릅니다. 아이 때 갖지 못했던 홈 베이스를 만들어 나가는 것이죠. '새의 둥지'라고 할 수도 있고 '주유소'라고 할 수도 있습니다. 어느 날 오래 날 수 있게 되고 연비가 충분히 높아지면 둥지와 주유소를 떠날 수 있겠지만요.

관계를 만들기 위해 모임에 나가볼까요?

주변에 아무도 없다고 느끼고 외로운 나머지 요즘 많이 활성화되어 있는 다양한 활동 모임에 나가는 것을 고민하는 사람들이 많습니다. 결국 선택은 본인이 하는 것이겠지만 일반적으로 관계 맺기 자체를 목적으로 활동 모임에 참여하는 것은 권하지 않습니다. 그러나, 활동 자체가 좋고 재미있을 것 같아서 선택하는 것이라면 그것이 무엇이건 상관없이 좋습니다. 단, 그 활동을 하면서 친근해지는 관계가 만들어지지 않는다고 해도 전혀 상관없어야 합니다. 내면의 텅 빈 공간을 사람을 통해서 채우려 한다면 일시적으로 채워지는 느낌을 받을 수는 있겠지만 그 느낌이 없어지는 것이 두려워 집착하게 되고 상대방의 영해를 넘어서게 됩니다. 사람들은 누구나 대인관계에서 편안함을 느끼는 심리적 거리가 있습니다. 누구에게는 1m 정도의 심리적 거리감이 가장 편하지만 다른 누군가에게는 1m의 거리는 의미 없는 관계일 뿐이어서 자꾸 그 경계를 넘어서 더 다가가려고 합니다. 상대가 부담을 느끼고 뒤로 살짝 빠지면 마음이 조급해진 나는 한 빌 더 다가가게 되고, 이것은 상대에게 집착으로 느껴지면서 결국 관계가 파국으로 끝나는 경우가 종종 발생합니다. 그러면 마음속 공허함이 더 커지게 되는 악순환의 고리에 빠지게 되는 것이죠. 따라서 관계 맺기 자체에만 몰입한 시도는 실패하기 쉽습니다.

모임의 활동에 온전히 집중하고 즐겨 보세요. 자신의 일에 집중하고 있는 모습이 가장 아름다워 보인다는 말도 있지 않습니까? 역설적으로 관계 맺기를 부차적인 것으로 두고 자신의 과업에 집중한다면 더욱 다양하고 의미 있는 관계를 맺어나갈 기회는 분명 만들 수 있습니다.

"혼자서 잘 지낼 수 있는 사람이 다른 누구와도 잘 지낼 수 있습니다."

Dialogue for Depression

Category	*Depression*	No.	*007*

아무리 발버둥 쳐도 제대로 되는 게 하나도 없어요

'아무리 발버둥 쳐도 제대로 되는 게 하나도 없어요'라는 표현이 틀린 말이 되기 위한 조건은 무엇일까요? '모든 것이 제대로 되고 있다'일까요? 아닙니다. 하나라도 어느 정도 풀리는 것이 있다면 저 표현은 틀린 것이 됩니다. 아마도 이것저것 되는 게 없다는 생각에 '하나도 없다'고 이야기하는 것이겠지만, 그렇게 말하고 생각하다 보면 스스로를 부정적 생각의 늪에 가두고 있는 꼴이 됩니다. 앞에서도 이야기했지만 자기 규정의 힘은 강력합니다. 스스로가 처한 상황을 '아무것도 제대로 할 수 없다'고 규정하게 되면 그 프레임에서 벗어나기 힘듭니다. 잘 풀리고 있는 하나를 찾기가 정 어렵다면 어느 정도는 가능성이 있는 무엇이라도 찾아 마음속에 새겨 넣어야 합니다. 이처럼 하나도 제대로 풀리지 않는다고 생각하는 프레임에서 벗어나는 것이 무력감을 개선해 나가는 첫 번째 단계입니다. 그렇지만 결코 쉬운 것은 아닙니다. 어쩌면 세상 그 무엇보다 어려운 과제가 될 수도 있습니다. 왜냐하면 무기력과는 달리 무력감은 외부 상황적 요인이 훨씬 더 분명하게 존재하기 때문입니다.

무기력 vs 무력

무기력함과 무력함은 어떤 차이가 있을까요? 무기력은 말 그대로 에너지가 부족하거나 부재한 상황을 말합니다. 할 것이 있고 갈 곳이 있지만 하지 못하거나 가지 못하는 상황 속에서 아무것도 하지 못하는 스스로가 마음에 안 들어서 우울감이 심화되고 그러다 보면 더 못하거나 더 못 가게 되는 상황이 반복되는 것입니다. 무기력감을 개선하기 위해서 약물 처방을 하기도 하는데 이는 마치 비타민을 공급하는 것과 유사합니다. '해내고 있음' 또는 '해낼 수 있을 것 같음'이라는 자기 인식을 가지게 되는 것을 돕기 위함이며 그렇게 될 수 있다면 이제 무기력감을 해결하는 것은 시간문제일 뿐입니다.

무력감은 마치 손발이 묶여 있는 느낌과 유사합니다. 무기력감도 힘든 감정이지만 무력감은 근본적인 인간의 존엄성과 연결되어 있는 감정입니다. 만약 여러분이 누군가에게 손발이 묶인 상태로 갇혀서 농락을 당하고 있다고 생각해보세요. 빠져나가려고 노력을 하지만 되지 않았을 때 인간은 깊은 무력감을 느끼게 되며 인간 존엄성마저 박탈당하는 것과 같은 원초적 위기감을 경험하게 됩니다. 갇히고 묶여서 농락당하는 상황과는 다르지만 무력하다는 공통점을 가지고 있기에 아무것도 하지 못하고 있다고 느끼는 감정은 더욱 파괴적 감정으로 확장될 수 있습니다.

영어로 하면 이를 'Learned Helplessness'라고 합니다. 반복된 좌절로 인해 학습된 감정, '누구도 나를 도울 수 없고, 나 스스로도 어떻게 할 수 없다', '어떻게 해도 상황을 변화시킬 수 없을 것 같다는 압도적 느낌을 받는다', '결코 뚫고 나갈 수 없을 것 같다'는 표현은 무력감의 대표적인 예입니다. 앞뒤 양옆이 막혀버린 사면초가의 상황, 관계의 문제가 생기고 경제적 어려움도 닥쳤는데 취업도 끊기고, 이에 알바라도 하려고 하는데 설상가상 건강의 문제마저 겹칩니다. 그 상황 자체도 괴롭지만 벗어나지 못할 것 같다는 예감이 더 큰 고통입니다. 내가 어떻게 하더라도 이 상황은 절대 해결이 안 될 것이라는 느낌을 받게 되면 그냥 제자리에 서버리게 되는 거죠. 이 상황에서 병원까지 찾아온 자체가 어쩌면 대단한 것일 수 있습니다. 병원에 왔다고 해서 뭔가 큰 기대를 하고 온 것은 아닙니다. 의사가 마법사가 아님은 서로 잘 알고 있으니까요. "문제는 해결되는 것이라기보다는 관점을 바꾸어 해소하는 것이다"라는 말도 잘 와닿지 않습니다. "체념하자는 것이 아니라 어쩔 수 없는 것을 받아들이고 어쩔 수 있는 것을 해보자"는 격려도 공염불과 다를 바 없습니다. 마음이 힘든 것도 고통인데 잠은 자야겠기에, 숨은 막히고 머리는 깨질 듯이 아프기에 병원을 찾은 것뿐입니다.

실버라이닝

총탄이 날아다니는 전쟁터에서 맨몸으로 다니는 군인은 없습니다. 방탄조끼를 입고 철모를 쓰고 각종 방어벽을 활용하면서 위험을 최소화하는 등 혹시 모를 데미지로부터 스스로를 지키기 위해 노력합니다. 방탄조끼를 입고 있다면 총탄에 의한 충격으로 잠시 의식을 잃기는 하겠지만 생명은 지킬 수 있습니다. 방패를 사용한다면 진동은 느끼겠지만 충격은 최소화시킬 수 있습니다. 그리고 그런 상태에서 국면 전환을 위한 무언가를 시도해볼 수 있을 것입니다. 마찬가지로 정신적 스트레스를 받을 수밖에 없는 상황이라고 해도 데미지를 최소화할 수 있다면 상황을 극복해나가는 데 도움이 될 수 있습니다.

상황이 변하지 않더라도 잠을 좀 더 편히 잘 수 있고 숨막힘과 두통이 완화된다면, 생각을 재정비하는 매우 중요한 시작점이 될 수 있습니다. 생리적 안정감이 우선 확보되어야 심리 안정에 대한 실낱같은 희망을 이어갈 수 있기 때문입니다. '문제를 해결하는 것이 아니라 관점을 바꾸어 해소해가는 것이다'라는 말이 공염불처럼 들릴 수 있다고 이야기했지만 결국 그런 태도의 변화만이 우리 앞에 놓인 장애물을 지나가는 데 있어 변곡점 역할을 해줄 수 있습니다. 이미 병원에 가겠다고 마음을 먹은 순간 태도 변화는 시작된 것입니다. '약을 먹는다고 상황이 바뀌나? 잠을 좀 더 잘 잔다고 뭐가 해결되나? 그게 무슨 의미가 있나?'와 같은 태도가 '상황이 어떻든 간에 일단 수면이라도 안정화해보자'라는 태도로 바뀐 것입니다.

터널은 깜깜합니다. 그런데 깜깜한 터널에서 짙은 선글라스를 끼고 있으면 혹시나 저 멀리 있는 출구의 빛을 감지하지 못할 수가 있습니다. 처방을 통해 수면을 개선하고 불편한 감각을 안정화하며 더 나아가 마음의 화를 조금이나마 다스릴 수 있다면 선글라스를 벗고 이를 통해 혹시나 못 보고 지나갔던 희미한 빛을 발견할 수 있습니다. 여전히 터널 안은 캄캄하지만요.

짙은 먹구름 사이를 뚫고 들어오는 한줄기 빛을 '실버라이닝Silver Linings'이라고 하는데요. <실버라이닝 플레이북>이라는 영화가 떠오릅니다. 영화는 두 주인공이 각자의 상처를 안은 채 우연히 만나 우여곡절 끝에 결국 희망을 보게 된다는 힐링 영화입니다. 영화 속 주인공과 같은 상황은 아니지만 진료실을 찾는 많은 사람들은 그들 위를 뒤덮고 있는 짙은 먹구름 아래에서 마냥 힘들어하곤 합니다. 비행기를 타고 비구름을 뚫고 올라가 보면 분명 빛으로 충만해진 나의 하늘을 볼 수 있겠지만 아래에서 보는 나의 하늘은 온통 어둡기만 합니다. 기분은 날씨와 같아서 흐린 날도 있고 맑은 날도 있겠지만 매일매일 흐린 날만 경험하다 보면 어느새 그것이 날씨가 아니라 기후처럼 느껴지게 됩니다. '실버라이닝'은 최후의 희망이라는 의미가 아닙니다. 그 한줄기 빛을 마지막 희망으로 잡고 발버둥 쳐 보자는 것이 아니라 그 위에 빛이 있음을 알려주는 메시지이자 신호입니다.

누구나 굉장히 높은 경사를 만나게 되면 올라가기 힘들어집니다. 등산할 때 지팡이를 짚으며 등반하는 것은 두 다리로 올라가는 것보다 훨씬 덜 힘들기 때문입니다. 지팡이 없이도 등반할 수 있는 산도 있겠지만 엄청난 경사의 높은 산이나 바위산을 만났을 때 지팡이나 다른 장비의 도움 없이 오르기는 쉽지 않거나 불가능할 수 있습니다. 따라서 엄청난 스트레스를 경험할 때나 혹은 스트레스의 반응으로 심리적 밸런스가 무너졌을 때 등반에 지팡이가 도움이 되는 것처럼 약물 치료가 마음의 중심을 잡아주는 역할을 할 수 있습니다. 지팡이를 언제나 그리고 평생 들고 다니지 않고 필요성이 없어지면 손에서 놓으면 되듯이 약물 치료 역시 마찬가지입니다.

아는 것이 힘이다

몇몇 문제는 의학적이거나 심리적인 작업만으로 헤쳐 나가기엔 한계가 있습니다. 실제로 손에 와 닿는 무언가가 느껴지는 것이 중요하기 때문에 도움을 받을 수 있는 사회 자원과 연결되어야 합니다. 도움 받을 수 있는 법적, 제도적 지원이 없다고 생각할 수 있지만 예상했던 것 이상의 도움을 받을 수 있는 방법이 있기도 합니다. 최근에는 정신건강의학과 의원들도 공공 서비스와의 연계를 통한 네트워크 구축이 점차 일반화되어가고 있으니 병원을 찾는 것이 꼭 상담과 약물 처방만을 위함이 아니라 가능한 모든 방법을 찾아가는 시작이 될 수 있다고 생각하면 좋을 것 같습니다.

예를 들자면 직장 내 괴롭힘과 같은 스트레스 상황에 놓인 경우 무엇을 하긴 해야겠는데 뭘 어떻게 해야 할지 몰라서 스트레스가 가중되는 경우가 많습니다. 미지의 상황이 초래하는 불확실성은 독성을 가지고 있기 때문에 사람을 불안하게 만들고 걱정에 사로잡히게 되는데 그것이 심해지면 무력감의 덫에 빠지게 됩니다. 우울은 할 수 없는 것에 에너지를 소비하고 정작 할 수 있는 것에 힘을 쓰지 못함으로써 발생하는 자책감에 기인하는 경우가 많습니다. 그렇기 때문에 무엇을 할 수 있는지 확실하게 아는 것은 스트레스를 극복하는 데 있어 매우 중요한 시작점이 됩니다. 비록 할 수 있는 것이 극히 제한적이라도 말입니다. 회사 생활에서 발생하는 스트레스에 대해서는 노무사, 다른 법적 분쟁에 대해서는 변호사, 가정 내 폭력 문제는 아동보호 전문기관이나 가정폭력 지원기구 등 해당 문제에 대해 지식과 경험을 가진 전문가를 만나서 자문을 구하는 것이 필수적입니다. 자유 의지의 발현은 무력의 정반대에 위치하고 있는 소중한 에너지원입니다. 할 수 있는 것을 확실히 알게 되면 설령 그것을 하지 않더라도 잃어버렸던 자유 의지를 일부라도 되찾아올 수 있습니다.

Dialogue for Depression

Category	*Depression*	No.	*008*

모든 것이 무의미하게 느껴지고 공허해요

감정 건물

여기 지상 3층과 지하 1층짜리 건물이 있습니다. '감정 건물'이라고 부르겠습니다. 제일 위층인 3층에는 분노와 화의 감정이 자리 잡고 있습니다. 그 아래층은 불안이고 그 아래층이자 지상 1층은 우울입니다. 그리고 마지막으로 지하

1층은 공허함이 자리하고 있습니다. 우울은 단순히 우울한 감정과 흥미의 상실만 유발하는 것이 아닙니다. 우울감의 이면에는 분노와 화라는 감정이 숨어있는데 많은 경우 숨어있지 않고 겉으로 드러나기도 합니다. 분노와 화의 감정은 주변 사람들을 대상으로 나타나기도 하지만 그 독성은 스스로에게 향하기도 합니다. 지그문트 프로이트Sigmund Freud는 우울을 '분노감정이 유턴해서 나 자신을 공격하는 것'이라고 했습니다. 우울을 제대로 치료하기 시작하면 가장 먼저 이 분노와 화의 감정이 가라앉는 것을 느끼게 됩니다.

분노와 화의 감정이 걷히게 되면 불안이 주된 문제로 등장합니다. 불안은 감정을 나타내는 표현이기도 하지만 감각적인 문제이기도 합니다. 가슴 두근거림과 답답함, 머리 아픔 등의 불편한 신체적 감각 등이 흔하게 나타납니다. 불안을 다른 말로 표현할 때 가장 유사한 단어는 걱정입니다. 슬픔은 나누면 반이 되고, 기쁨은 나누면 배가 된다는 말이 있습니다. 그런데 이건 과거에 대한 것입니다. '내 사업이 잘 될까', '원하는 학교에 진학할 수 없으면 어떡하지?', '내 미래는 살만할까?', '내가 생각한 대로 내가 기대한 대로 잘 풀려나갈까? 그런데 그건 무슨 의미가 있는 것일까?'와 같이 걱정은 미래의 것입니다. 사실 인생은 걱정으로 점철되어 있다고 보아도 크게 틀린 말은 아닙니다. 일반적인 걱정은 '잘 될 거야, 여태까지 그랬듯이 잘 해낼 수 있을 거야'라는 낙관주의 사고로 어느 정도는 완화해가면서 지낼 수 있습니다. 하지만 걱정 중에는 의식적 수준에서 '괜찮아, 잘 될 거야'라는 생각만으로는 해결이 잘 안되는 독성이 강한 걱정도 있습니다. 이는 악몽으로 나타나기도 하고, 여러 가지 불편한 신체적 증상으로 나타나기도 합니다. 그러면서 이 걱정을 어떻게 할 것인가에 대한 고민이 생기게 됩니다. 걱정에 대한 걱정이 또 생기게 되는 것입니다.

불안의 감각적 요인은 약물 치료로 비교적 쉽게 해결이 됩니다만 불안의 인지적 요인, 즉 걱정은 꼭 그렇지 않습니다. 1층의 우울감과 더 밀접하게 상호 작용하면서 우리를 힘들게 하곤 합니다. 현재 내가 사용할 수 있는 정신적 에너지의 총합은 정해져 있는데 미래에 대한 불안과 걱정이 많은 부분 잠식한다면 나의 현재에 투입될 수 있는 에너지가 부족하게 되고 그러면 사람은 무기력해지게 됩니다. 무기력한 나의 모습을 바라보는 것은 또 다른 자기 비하를 낳게 되는 악순환을 보이게 되는 것입니다. 불안과 걱정으로 현재의 정신적 에너지가 바닥을 보이게 되면 1층의 우울감은 지하 1층의 공허함에 더 직접적으로 영향을 받게 됩니다. 그러면서 등장하는 것이 '무의미함'입니다. 프랑스의 문학가이자 철학자인 알베르 까뮈Albert Camus는 그의 저서 《시지프 신화》[5]에서 다음과 같이 이야기합니다.

"내가 판단하건데 삶의 의미야말로 질문들 중에서도 가장 절박한 질문인 것이다. (중략) 목숨을 버리게 만드는 문제들이나 반대로 살려는 열정을 배가시키는 문제들 말이다. (중략) 생각을 하기 시작한다는 것, 그것은 정신적 침식으로 골병이 들기 시작한다는 것이다. (중략) 이것은 다름 아닌 부조리의 감정이다. (중략) 삶의 부조리는 과연 희망이라든가 자살 같은 길을 통해서 삶으로부터 벗어나기를 요구하는 것일까? 이것이야말로 그 나머지는 치워 버린 채 밝히고 추적하고 해명해야 할 문제인 것이다."

그나마 다행인 것은 삶의 무의미함에 대한 고민은 동서고금을 막론하고 누구에게나 중요한 주제라는 것입니다. 나

5 알베르 카뮈 저, 김화영 역(2017), 민음사, PP.16~23.

만의 문제가 아니라는 것이지요. 그러면 어떻게 그 무의미함을 극복할 수 있을까요? 이렇게 텅 비어있는 공허함이라는 지하 공간을 채워나갈 수 있을까요? 우울한 감정은 없애는 것이 치료 목표이지만 공허함은 그럴 수 없고 채워야 하는 문제입니다. 우울감을 개선할 수 있는 약물 치료는 존재하지만 공허함을 채우는 약물 치료는 없으며 단지 밑 빠진 독의 밑을 막아주는 정도의 역할을 하기에, 채움은 스스로 해나가야 합니다.

현재는 미래의 과거

프로이트의 이론 중 핵심적인 이론으로 '심리결정론Psychic Determinism'이 있습니다. 과거의 어떤 경험이 나의 잠재의식, 무의식이 되고 그것이 나의 현재 행동, 말, 감정과 생각에 영향을 준다는 것이 심리결정론입니다. 이 이론은 정신분석을 바탕으로 연구가 진행되어 과거의 상처들을 치유함으로써 현재와 미래의 나를 좀 더 행복하게 만들기 위한 수단

이자 방법으로 활용해왔습니다. 이러한 심리결정론과 연관하여 버틀런드 러셀Bertrand Russell이라는 철학자는 그의 저서 《행복의 정복》[6]에서 다음과 같이 이야기합니다.

"심리학자들은 무의식이 의식에 끼치는 영향에 대해 상당히 많은 연구를 해왔다. 그에 비하면 의식이 무의식에 끼치는 영향에 대한 연구는 훨씬 적은 편이다. 하지만 후자는 정신건강의 면에서 대단히 중요하다. (중략) 나는 의식적인 생각에 대해 충분한 힘과 집중력을 기울인다면 의식적인 생각이 무의식 속에 뿌리내리게 할 수 있다고 믿는다. 대부분의 무의식은 한때 매우 감정적이었던 의식적 생각들로 이루어져 있으며, 지금은 다만 숨겨져 있는 것이다."

러셀의 주장을 정리해보면 지금 잘 기억이 안 나는 과거에 어떤 일이 매우 의식적인 일이었고 그것이 시간이 지나면서 점차 자신의 잠재의식, 무의식으로 침착해 들어왔다는 이야기입니다. 그렇다면 현재 의식 수준에서 경험하는 것들도 미래의 잠재의식, 무의식이 될 수 있다는 이야기가 되겠

6 버틀런드 러셀 저, 이순희 역(2005), 사회평론, PP.83~84.

죠. 과거는 어쩔 수 없고 미래가 불확실하다면 지금 나의 의식 수준에서 행할 수 있는 현재에 집중하기를 통해 좀 더 능동적이고 적극적인 형태로 내 마음을 다스릴 수 있게 되는데, 그것이 미래의 나에게 영향을 줄 수 있다는 것입니다. 현재에 있으면서 지금 내가 할 수 있는 것에 집중하라는 말은 이제 상식 수준에서 통용되는 말입니다만, 사람의 마음은 '고장 난 타임머신'처럼 후회로 점철된 과거와 혼돈의 미래 사이만 왔다 갔다 할 뿐 정작 현재에 머무르지 못하는 경우가 있습니다. 미래의 관점에서 보면 또 다른 후회스러운 과거를 누적해나가고 있는 셈입니다. '늦었다고 생각할 때가 가장 빠른 때'라는 속담이 의미하듯이 지금 바로 할 수 있는 것에 최대치로 집중해보는 것이 중요합니다. 그것이 무엇이건 말입니다.

마음의 채를 바꿔보세요

우울, 불안 등의 정신과적 증상은 결국 비워짐과 채워짐을 느끼는 정도에 따라 악화되거나 호전되기도 합니다. 의미 있는 무언가로 공허함을 채울 수 있어야 하는데 이것이 쉽지 않은 경우, 사람들은 할 수 있는 이런저런 시도들을 해보곤 합니다. 폭식, 과음, 과도한 쇼핑, 무절제한 성행위, 도박, 마약, 자해 등의 문제 행동은 모두 공허함을 채우기 위한 처절한 시도입니다. 그런데 문제는 찰나적으로 채워지는 느낌을 경험한 이후에 더 큰 허무와 공허가 찾아오는데, 그 공허를 다시 채우기 위해 문제 행동이 더욱 심해지면서 악순환으로 이어집니다. 일상에서 나름의 의미를 가진 경험들은 다 흘려보내고 나쁜 것들만 걸러내서 모아놓는 마음의 채를 갖고 있다면 우울하고 비관적인 사람이 됩니다. 그러나 같은 모양의 판화 작품이라고 하더라도 음각과 양각의 느낌이 확연히 다르듯이 삶의 대부분을 차지하고 있는 일상을 어떻게 받아들이고 표현하는가에 따라 그 느낌은 달라질 수 있습니다.

좋은 일이 아니면 별로라는 사고방식보다는 나쁜 일이 아니면 괜찮다는 관점이 필요합니다. 누가 봐도 좋다고 생각할 만한 일을 매일 새롭게 경험할 수 있는 사람은 없습니다. 공허함을 채우기 위한 의미 있는 것이 누가 보더라도 눈부신 성과여야 한다면 너무 어렵기 때문에 일상에서 네 곁을 스쳐지나가는 것들을 잡아내야 합니다. 증강현실 속 포켓몬을 잡기 위해 휴대폰을 들고 이곳저곳 다니던 것이 유행이었던 적도 있습니다. 공허함은 포켓몬을 포획하듯이 잡아서 채워나가야 합니다. 이는 노력이 수반되는 것이지만 공허함을 해결하는 데 있어 그 어떤 대안적 해결책은 없습니다. 일상에 숨어있는 보물을 찾아보세요. 보물은 쉽게 찾을 수 없기에 보물입니다.

Dialogue for Depression

Category	*Depression*	No.	*009*

사랑하는 대상을 잃어서 너무 힘들고 공허해요

모든 상실은 우리를 힘들게 합니다. 건강, 재산, 지위의 상실은 우리를 힘겹게 만들고 가까운 가족과 지인을 잃는 일은 우리를 슬프게 합니다. 상실이라는 상처는 고통을 수반합니다. 정신적 상처는 내가 문제가 있기 때문에 생기는 것이 아니라 '비정상적 상황에 대한 정상적 반응'입니다. 삶이 있으면 죽음은 필연이기에 '비정상적'이라고 표현하는 것이 적절치 않을 수 있지만 아무리 어쩔 수 없는 일이라 할지라도 삶의 과정 중에 생기는 여러 가지 일 중 분명 원치 않는 상황임에는 분명합니다.

50대 중반 여성의 이야기입니다. 젊어서 남편을 사별로 여의고 5년 전에는 둘째를 6개월 전에는 큰아들마저 병으로 먼저 하늘나라로 보냈습니다. 한 달 전에는 어머니도 돌아가셨습니다. 갑자기 세상에서 혼자가 된 느낌입니다. 주변 사람들은 빨리 잊으라고, 잊고 잘 살아가라 이야기합니다. 그 말들은 마음을 다스리는 데 전혀 도움이 되지 않습니다. '과연 그럴 수 있는 사람이 있나?'라는 생각이 듭니다. 온갖 불편한 감각이 몸을 감싸옵니다. 바람만 불어도 살갗이 아픈 것 같습니다. 잠은 당연히 못 잡니다. 아침에 눈을 뜨고 싶지 않습니다. 아파트 저층에 사는 것을 다행으로 여기면서 살고 있습니다. 삶에 어떤 의미도 없는 것 같은 생각이, 아니 의미가 없습니다. 어떻게 해야 할까요?

감정 수용하기

주변 사람들의 위로가 마음에 와닿지 않더라도 그들의 선한 마음만 받으세요. 그들은 당신이 회복되기를 바라는 선의를 갖고 있습니다. 그들은 당신에게 일어난 충격을 받아주고 소화해내기 어려워 잊으라 하는 것입니다. 그러나 좋은 사람들입니다. 불편한 감각, 부정적 생각을 피하지 말고, 어떤 부정적인 감정이 들더라도 억지로 없애려고 하지 마세요. 있는 그대로의 감정을 받아들이고 흘려보내야 합니다. 마음속에 시냇물을 떠올려보세요. 조용히 부드럽게 흐르는 시냇물 가에 앉아 있다고 상상합니다. 그 시냇물의 표면 위에 떠가는 나뭇잎들이 있습니다. 머리에 떠오르는 생각마다 나뭇잎 위에 놓아서 떠가게 합니다. 그 생각들이 긍정적이든 부정적이든 즐거운 것이든 고통스러운 것이든 그냥 나뭇잎 위에 올려놓아 떠내려가게 하세요.

기억하고 말하기

모든 상실에는 애도 반응Grief Reaction이 발생합니다. 처음에는 사실을 부정하고(아냐 이건 사실이 아니야, 그럴 리 없어) 화가 나기도 합니다(왜 나를 남겨두고) 그리곤 우울해지고(모든 것이 의미 없어) 마지막으로는 상황을 받아들이고 수용하게 됩니다. 이러한 애도 반응은 정상적 반응입니다.

정신분석학자 지그문트 프로이트가 "애도는 상실한 대상에 대한 언어의 탑을 쌓아 올리는 것이다"라고 이야기했듯이 애도는 상실한 대상을 기억하고 대상과의 추억을 말하고 나누는 것입니다. 인기리에 방송되었던 <슬기로운 의사생활>에서 나왔던 에피소드에서도 비슷한 상황이 등장합니다. 아이를 질병으로 먼저 보낸 엄마가 이후 병원에 매우 자주 드나듭니다. 아이가 입원했던 병동 간호사들에게 수시로 먹을 것도 가져다주면서 별 이유가 없어 보임에도 너무 자주 찾아오니까, 처음에는 반갑게 맞이해주던 병원 직원들이 점점 의아하게 생각하고 경계를 하기도 합니다. 하지만 마음을 열고 다가와 준 담당 의사에게 병원을 자주 찾는 이유를 말합니다. 아이가 태어나자마자 입원을 해서 아이의 기억을 나눌 곳이 없는데, 이곳에 오면 아이의 이야기를 나눌 수 있고, 아이의 이름으로 본인이 불릴 수 있는 곳은 여기 뿐이라고 말입니다.

정상적 애도 반응인가 치료가 필요한 우울증인가?

누군가를 잃었을 때, 삶의 의미가 없어진 것이라기보다는 캄캄한 터널에 들어가서 삶의 의미가 안 보이는 것입니다. 그 전까지는 어떤 장면들이 창밖으로, 비록 그 풍경이 아름답지는 않더라도 보였었는데 지금은 터널에 들어가서 그마저도 보이지 않게 된 것입니다. 그러나 터널은 끝없이 지속되진 않습니다. 다시 터널 밖으로 나오게 되면 어떤 다른 장면이 창밖으로 펼쳐질 것입니다. 그게 새로운 삶의 의미가 될 수 있습니다. 그러니 아직 '의미없다'고 마침표를 찍지 마세요. 잘 모르겠으면 그냥 '의미없나?'라는 물음표로 남겨

놓으세요. 새롭게 펼쳐질 창밖 풍경을 함께 이야기하고 나눌 수 있는 누군가를 만나는 것이 좋습니다.

그러나 정신과 의사를 비롯해 누구도 '당신의 삶의 의미는 이것이다'라고 말할 수 없습니다. 왜냐하면 그들은 당신의 창밖을 볼 수 없기 때문입니다. 오로지 당신이 창밖 풍경을 보고 느낀 것을 이야기해줄 때 비로소 이해할 수 있게 됩니다. 당신의 창밖 풍경을 기꺼이 이해해줄 누군가가 있을 때 당신은 새로운 삶의 의미를 단지 지켜보는 것이 아니라 그 안에서 생활할 수 있게 될 것입니다. 쉬운 일일까요? 물론 아닙니다. 누구나 쉽게 할 수 있다면 이런 고민도, 이야기도 필요 없을 것입니다.

정신의학적으로 약 6개월간은 정상적인 애도 반응이 나타날 수 있다고 보고 있습니다. 그런데 이 기간이 길어지거나 애도 반응으로 유발되는 심리적, 생리적 불편함의 강도가 지나칠 정도로 강렬하게 나타나 일상적 생활을 영위하기 어려워지는 경우라면 상실에 의한 우울증의 관점으로 보고 정신 치료나 약물 치료를 시행합니다. 이는 신체에 상처가 크게 나서 자연 회복이 어려운 경우, 수술 등 의학적 처치가 필요한 것과 마찬가지입니다.

펫 로스(Pet Loss)증후군 극복하기

반려동물의 죽음 역시 일상을 정지시킬 만큼의 커다란 상실감을 안겨줍니다. 나와는 독립된 생명체이지만 그 모든 생명의 기운과 추억이 내 안에 깃들여 있습니다. 내 호흡, 눈빛, 사소한 동작 하나하나에 반려동물은 유기적으로 반응합니다. 모든 인간은 자신보다 다른 사람을 더 존중할 수는 있어도 타인을 더 사랑하지는 않습니다. 그러나 반려동물은 자신보다 주인을 더 사랑합니다. 모든 관심은 주인에게 향해 있습니다. 그것이 자신에게 먹을 것을 주고, 자신과 함께 산책을 나가는 주인의 작은 몸짓과 말에 대한 관심과 반응일 수는 있어도 그것 역시 자신을 돌봐주고 아껴주는 주인에 대한 무조건적인 애정에 기반한 것입니다.

반려동물을 상실했을 때의 슬픔과 고통을 극복하는 법은

사랑하는 사람을 잃었을 때와 다르지 않습니다. 떠나간 존재를 기억하며 함께했던 추억 등을 이야기하는 것, 내 마음에 느껴지는 감정을 억누르려 하지 않고 따라가는 것 등 대동소이합니다. 약간 다른 점이 있다면 추억을 대체할 새로운 반려동물 입양을 서두르지 말아야 한다는 점입니다. 추억하고 애도하는 것과 새로운 관계를 맺어가는 것은 별개의 일이기 때문입니다.

Dialogue for Depression

Category	*Depression*	No.	*010*

왜 살아야 하는지 모르겠어요

병원에 오시는 분 중에 "죽고 싶은 건 아닌데 왜 살아야 하는지 모르겠어요"라고 이야기하는 분들이 종종 있습니다. '어차피 죽을 텐데'와 같은 극단적 환원주의는 아니더라도 '죽으면 이런 고통도 없어질 텐데 왜 아등바등 살아야 하는가'와 같은, 어찌 보면 우울의 증상인 것도 같고 어찌 보면 철학적 고뇌인 것도 같은 이 주제는 정신건강의학과 진료실에 자주 등장하는 이슈입니다.

생각을 하는 것인가? 아니면 당하는 것인가?

진료실에서는 철학적 주제에 대한 상담도 할 수 있습니다. 정신건강의학과 의사가 모두 철학적으로 높은 수준에 이른 것은 당연히 아니라는 것을 전제해야 합니다만, 함께 생각해보고 의견을 나누는 것이 철학적 사유의 본질인 만큼 상담 주제에 대한 제한은 없습니다. 그렇지만 그 전에 한 가지 확인해야 하는 것이 있습니다. '삶의 의미 없음과 죽음'이라는 이 거대한 주제에 대해 과연 내가 능동적으로 생각을 하는 것인가 아니면 생각을 당하는 것인가를 구분하는 것입니다. 죽음에 대한 생각을 '하는' 사람을 철학자라고 부릅니다. 반면 삶의 의미 없음과 죽음에 대한 생각을 '당하는' 사람은 우울한 사람이라고 부릅니다. 내용은 중요하지 않습니다. 죽음 같은 무거운 주제가 아니라 다른 예를 들어볼까요? 자신이 충분히 훌륭하다는 생각을 '하는' 경우에는 자존감 있는

(높은) 사람이라고 할 수 있지만, 자신이 뭐든지 할 수 있다는 생각을 '당하고' 과잉된 감정에 휩싸이는 경우는 조증 또는 과대 망상적 상태라고 볼 수 있습니다.

'생각을 당한다'는 표현은 문법적으로 맞지 않습니다. 영어로도 'I think~'는 있지만 'I am thought~'는 없습니다. 물론 '생각이 들어온다', '생각에 빠진다', '침습적 사고' 등과 같이 비슷한 의미를 가지는 표현은 다양하게 존재합니다. 그럼에도 불구하고 '생각을 당한다'라는 수동태 표현을 사용해 설명하는 이유는 그것이 본인이 원하지 않는 증상일 가능성이 크다는 의미를 전달하기 위해서입니다. 모든 내외과적 증상은 본인이 원하지 않음에도 불구하고 발생하는 특징을 가지고 있습니다. 철학적 주제처럼 비춰지는 '왜 살아야 하는지 모르겠어요'라는 생각도 '당하는' 것이라면 우울 또는 강박의 증상일 가능성이 큽니다. 당하고 있는 것임에도 스스로 생각하고 있다고 착각하는 것이지요. 생각하는 것과 당하는 것에는 본질적 차이가 분명하지만 둘 간의 경계를 분명히 인지하기는 쉽지 않습니다. 대개 만성질환을 일으키는 요인은 자신을 두드러지게 내보이지 않습니다. 급성 바이러스성 간염은 강렬한 면역 반응을 유발하지만 만성 바이러스성 간염은 뚜렷한 증상 없이도 건강을 악화시키기 때문에 잘 다스리고 케어해야 합니다. 오래된 우울이 유발하는 삶의 무의미함과 죽음에 대한 생각도 최초에는 매우 이질적인 느낌으로 다가왔겠지만 오래되다 보니 그냥 자연스럽게 내가 하고 있는 생각이라고 인지하게 된 것입니다. 아무리 철학적으로 중요한 고차원적 주제라 할지라도 그 본질이 '당하는' 것이라면 증상의 관점에서 접근해야 하고 치료의 일차적 목표는 '당하지 않게 만드는 것'입니다.

당하지 않는다는 것이 생각 자체의 소멸을 말하는 것은 아닙니다. 소멸은 불가능에 가깝기에 일차적으로는 적당한 거리두기가 가능해지는 것을 의미합니다. '수용 전념 치료'의 개념을 살짝 인용해서 설명해보자면 다음과 같습니다. 두 손바닥을 펴서 얼굴 바로 앞에 대고 살아간다고 상상해봅시다. 벌어진 손가락 사이로 앞을 볼 수는 있고 사물과 사람을 구분할 수는 있겠지만 매우 좁아진 시야로 인해 답답한 상태로 살아갈 수밖에 없게 됩니다. 다음으로는 손을 앞으로 쭉 편 상황을 상상해보세요. 물론 앞의 손바닥을 볼 수는 있지만 손바닥과 눈 사이에는 적당한 거리감이 생기게 되면서 시야가 기존보다 넓어져 거의 모든 상황을 있는 그대로 인식할 수 있게 됩니다. 다음으로는 손을 무릎 위에 올려놓는 것을 생각해보세요. 시야는 아무런 방해를 받지 않게 되어 무릎 쪽을 내려다보면 손바닥을 볼 수는 있습니다. 손바닥은 여전히 내 근처에 있지만 일상을 살아나가는 데 방해가 되지 않는 상태로 적당한 거리를 둘 수 있게 되는 것, 이것이 치료의 목표이고 이 과정에서 약물 치료는 중요한 역할을 합니다. 철학적 사유는 눈 바로 앞에 손바닥을 둔(생각을 당하는) 상태에서 하는 것이 아닙니다. 손바닥과 얼굴 사이에 새롭게 확보된 공간, 그 공간을 활용해 우리는 '정상적' 일상을 살아갈 수 있게 되고 이러한 상태가 되어야 비로소 손바닥의 정체에 대해 객관적 사유를 할 수 있게 됩니다.

약물 치료 : 스파이를 찾아 걸러내고 축출하는 경찰

우울한 사람들이라고 부정적이고 왜곡된 생각만 하고 있는 것은 아닙니다. 오히려 자기성찰에 기반해 성숙한 사고방식을 가지고 있는 경우도 많습니다. 아픈 만큼 성숙해지는 것이라고 볼 수 있겠죠. 문제는 99%의 객관적이고 합리적인 생각들을 오염시키는 스파이 같은 생각들입니다. 스파이의 본질이 위장하고 침투해 상대진영을 혼란시키는 것이라고 볼 때 마치 나의 생각인 양 위장해 나머지 합리적 생각들마저 오염시키는 생각을 찾아내서 분리하고 제거하는 것이 필요합니다. 상담 중에 차분히 이야기를 들으면서 따라가다 보면 '잉?'하는 느낌이 들 때가 있습니다. 갑자기 논리가 튀거나 옆으로 살짝 새거나 하는 부분들이죠. 위장술을 부리고 있기 때문에 완연히 달라보이지는 않습니다만 분명히 이질적인 생각입니다. 시작 시점에 보이는 작은 차이는 나중에 큰 차이로 나타납니다. 맞는 것 같아 보이지만 살짝 뒤틀린 스파이 같은 생각들은 시간이 흐를수록 점차 부정적 사고의 늪으로 깊숙이 빠지게 만듭니다. 모기 때문에 신경 쓰이는 상황은 매우 분명하기 때문에 즉시 살충제나 모기향을 뿌려서 모기를 쫓아내는 시도를 할 수 있습니다만, 기생충처럼 내 안에 서식하는 스파이 같은 생각들은 세심히 살피지 않으면 잘 구분하지 못할 수 있습니다. 스파이는 축출해내야 하며 기생충은 구충제를 사용해서 박멸해야 합니다.

잘 모를 때는 공부가 필요합니다

복잡한 수학문제를 풀기 위해서는 먼저 수학 이론에 대한 공부가 필요합니다. 공부하지 않으면 이해하기 어려운 기호와 숫자의 나열에 불과할 뿐입니다. 그런데 만약 칠판에 다음과 같은 문제가 적혀 있다고 생각해봅시다. "삶의 의미는 무엇인가? 왜 살아야 하는가?" 얼핏 보기에는 난해한 수학문제보다는 훨씬 해 볼 만한 것 같습니다. 정답이 없다(모른다)는 것은 어떤 생각도 타당할 수 있다는 의미가 될 수도 있으니까요. 그런데 사실 이 질문은 수학문제보다 더 어려운 것일 수 있습니다. 그렇기에 고대 그리스 시대부터 현대까지 수많은 학자들이 이 문제에 대한 해답을 구하기 위해 연구에 연구를 거듭해왔던 것입니다. 여러 석학들의 명답은 있습니다만 무엇 하나 정답이라고 말하기는 어렵습니다. 당연히 저도 정답은 모릅니다. 나름의 명답을 가지고 있지도 않습니다. 명답은커녕 사람들의 머릿수만큼 존재하는 개똥철학 수준의 생각을 하고 있을 뿐입니다. 수학공부가 필요하듯이 삶을 잘 풀어나가기 위해서는 삶과 죽음의 의미에 대한 공부도 필요합니다. 다른 학자들은 어떻게 이 문제를 다뤄왔는지, 어떤 관점으로 바라보고 있는지, 각 관점들이 가지는 의미와 한계는 무엇인지에 대해 아주 전문적이지는 않더라도 사유의 폭을 넓히기 위한 노력이 필요합니다. 이런 과정 없이 혼자만의 생각으로 '삶은 의미 없음'이라고 결론을 내려버리는 것에 대해서는 동의하기 어렵습니다. 잘 모르겠으면 '삶은 의미가 없나?'라는 의문문의 형태로 남겨놓는 것이 필요합니다. 갈증을 느끼는 것은 세상에 물이 있다는 증거라는 말이 있습니다. 마찬가지로 의미가 있기 때문에 무의미함을 느끼고 있다고 볼 수 있으며 다만 지금 찾지 못하고 있는 것일 뿐입니다.

Dialogue for Depression			
Category	*Depression*	**No.**	*011*

내 성격이 마음에 안 들어요

진료 중에 기질성격검사를 하는 경우가 있습니다. 저도 제 기질이 어떻게 나오는지 궁금해서 한 번 해봤더니 '충동적'이라고 나왔습니다. 공격적이고 럭비공처럼 예측 불가능하며 상스러운 언어표현이나 과격한 행동이 연상되는 단어여서인지 왠지 충동적이라는 단어와 나 자신을 연결하는 게 낯설게 느껴졌습니다. 조금 더 자세히 충동적이라는 결과가 의미하는 내용을 살펴보았습니다. '직관적으로 생각하고 판단함으로써 결정이 빠르고 추진력이 좋다는 평가를 받을 수 있다'는 장점이 언급된 반면 '성급한 결정은 괜한 시행착오를 유발하기도 하고 꼭 필요하지도 않은 물건을 쓸데없이 구매하기도 하며 빠른 포기로 인해 있을 수 있는 가능성을 배제해버리는 결과를 낳기도 한다'는 상반된 결과도 적혀 있었습니다. 이 두 가지 모습은 제가 가지고 있는 성향이라고 동의할 수 있습니다. 어떤 경우에는 추진력 있는 모습으로 나타날 수 있지만 어떤 경우에는 성급한 결정을 내릴 수 있다는 것, 이것이 기질이 가진 순기능과 역기능입니다.

기질의 순기능과 역기능, 빛과 그림자

좋은 기질과 나쁜 기질이 따로 있는 것은 아닙니다. 사회가 요구하는 주류로서 활동하기에 좀 더 적합한 기질이 있을 수는 있지만 그렇지 않다고 해서 좋지 않거나 비정상적 기질이나 성격이라고 말할 수 없습니다. 스스로 나의 기질이나 성격이 마음에 들지 않는다면 그것은 누군가로부터 (대개는 부모로부터) 영향을 받았을 가능성이 큽니다. 초등학생 학부모를 대상으로 교육을 할 기회가 있을 때 늘 빼먹지 않고 하는 이야기가 있습니다. "나무의 결이 모두 다른데 목수가 나뭇결대로 조각을 하면 나무가 상하지 않고 좋은 결과물로 나타날 수 있지만 나뭇결을 무시하고 조각칼을 들이대면 그 나무는 상하게 됩니다. 아이들을 키울 때도 아이들이 가지고 있는 고유의 기질을 따라 양육을 해야 하지, 부모의 방식으로만 양육하는 경우 아이들이 온전한 자존감을 형성해나가는 데 문제가 생길 수 있습니다."

활발하고 남들 앞에서 말 잘하는 기질과 성격만이 정상이거나 좋은 것은 아닙니다. 내성적이고 소극적으로 보이는 모습도 당연히 정상이고 나름의 좋은 면들을 가지고 있습니다. 다만 그러한 기질이 특정 시기나 상황에서 유리하지 않게 작용하는 경우는 있습니다. 정반대로 활발하고 적극적인 기질과 성격의 소유자 역시 특정 상황에서는 그런 기질적 특성 때문에 손해를 보는 경우도 존재합니다. 자신의 기질적 특성과 주변의 상황이 잘 조화되는 경우, 기질의 순기능이 극대화되어 나타나지만 반대의 경우에는 역기능이 강조되어 나타나게 됩니다. 이를 적성이라고 표현할 수도 있습니다. 소극적으로 보이지만 섬세한 성향의 사람이 순기능을 보이는 상황에서 저돌적이고 충동적인 기질의 사람은 힘을 쓰지 못할뿐더러 이런저런 문제만 야기할 가능성이 큽니다.

대인관계에서 위축되고 예민해지거나 불안한 상태일 때 학교나 직장 생활에서 스트레스를 받는 분들이 많습니다. 그리고 그들은 그러한 자신의 성격을 싫어합니다. 예를 들어 높은 위험회피 성향의 기질을 보인다고 가정해봅시다. 그렇게 결과가 나왔다고 이야기를 하면 대번에 "별로 좋지 않은 거네요, 이렇게 위험회피 성향이 높아서 어떻게 세상을 살 수 있겠어요?"라고 낙담하는 경우도 있습니다. 그렇지만 진짜 문제는 높은 위험회피 성향의 기질 자체가 아니라 최근 그 기질의 역기능이 주로 나타나고 있다는 것입니다. 그렇다면 높은 위험회피 성향의 순기능이 무엇인지 알아볼까요?

①잠재적으로 위험할 수 있는 일에 철저히 대비하는

사려 깊은 사람이다.

②어떤 일을 성급하게 추진하지 않으며, 다양한 가능성과 위험부담을 고려해 주의 깊게 선택한다.

③실수가 적고 남들로부터 믿음직스럽다는 평가를 받는다.

④대인관계에서도 다른 사람의 입장이나 감정을 잘 고려하고 예의 바른 태도를 보인다.

이런 순기능만 발휘하면서 살 수 있다면 그 삶은 매우 편안할 것 같습니다. 그렇지만 빛이 있으면 그림자도 있듯이 순기능이 있으면 역기능도 있습니다. 상황에 따라 각각의 기질이 가지고 있는 순기능들만 선택적으로 취할 수는 없습니다. 인간은 로봇처럼 조립할 수 있는 존재가 아니니까요. 그럼 높은 위험회피 성향이 가지고 있는 역기능은 무엇일까요?

①걱정이 많고 소심하며 매사를 너무 부정적으로만 생각한다는 인상을 줄 수 있다.

②만일의 실패와 위험을 미리 걱정하면서 초조해한다.

③늘 조심하면서 살기 때문에 행동이 위축될 수 있다.

④수줍음이 많고 자신감이 부족해 낯선 사람들과
주도적으로 어울리지 못한다.

병원은 역기능이 지배적인 상황일 때 방문하게 됩니다. 순기능을 최대한으로 발휘하면서 살 수 있는 상황을 빛을 보고 있는 것이라고 한다면 어쩔 수 없이 역기능이 지배적인 상황에 빠지게 된다면 이는 그림자를 보고 있는 것입니다. 그런데 잊지 말아야 할 것이 있습니다. 누구나 그림자를 마주하게 되지만 등 뒤에는 빛이 있다는 사실을 기억해야 합니다. 또한 그림자가 너무 짙다고 생각된다면 그것은 등 뒤의 빛이 강하기 때문입니다. 갑작스러운 스트레스를 경험하는 경우 어두운 그림자를 보게 되지만 그것은 바로 얼마 전까지 밝은 빛을 보고 있었기 때문입니다. 너무 오래 그림자만 바라보고 있는 사람들은 등 뒤 빛의 존재를 잊은 채 그림자를 그냥 나라고 인지합니다. 빛이 있고 순기능을 발휘할 수 있기 때문에 어떤 기질을 가지고 있더라도 다 잘 지낼 수 있습니다. 그럼에도 계속 힘든 나날이 지속된다면 혹시 '내가 가지고 있는 기질의 그림자만 바라보고 있는 것은 아

닐까? 등 뒤에 있는 빛을 못 보고 있는 것은 아닐까?'라고 스스로에게 물어볼 필요가 있습니다.

빛과 그림자의 비유를 조금 다른 관점에서 볼 수도 있습니다. 침울하게 지내고 있는 사람들이라 할지라도 친한 사람들과 함께 있으면 마음껏 웃고 즐길 수도 있습니다. 오래간만에 살아있음을 느끼고 누군가와 연결되어 있다는 느낌을 받습니다. 계속 어둠 속에 있다가 밝은 빛을 보게 된 것이죠. 그런데 강한 빛을 마주하게 되면 그 뒷면의 그림자는 더 어두워지게 됩니다. 집에 돌아와 다시 혼자가 되면 더 큰 외로움과 공허함을 느끼게 되는 것이죠. 그래서 빛을 볼 수 있는 상황에서도 이 빛을 등지고 섰을 때 지금보다 더 깊은 어둠 속에 빠져들 것 같다는 두려움으로 인해 빛이 비치는 쪽으로 나가는 것을 회피하기도 합니다. 어둡고 흐린 날이 주는 나름의 안정감이 더 낫다고 생각하게 되는 것입니다.

반응과 증상 구분하기

우울이나 불안 증상에 대한 약물 치료가 필요하다고 권유할 때 “성격 문제 아닌가요?”라는 질문을 받곤 합니다. 앞서 말했듯 기질과 성격에 순기능과 역기능이 있기에 상황에 따라 역기능이 두드러지게 나타나는 경우가 생깁니다. 그러나 이러한 역기능적 반응들은 증상이 아니기에 약물 치료의 영역 또한 아닙니다. 약물 치료를 아무리 한다고 해서 성격이 바뀌지 않는다는 말과 같습니다. 그런데 증상은 치료의 영역입니다. 증상에 따라 비약물적 치료를 하기도 하고 약물 치료를 사용하기도 하지만 어찌되었든 완화 또는 소거를 목표로 하는 것이 증상입니다. 그런데 증상 중 일부는 성격에 따른 반응과 아주 유사하게 생겨서 구분하기 어려운 경우들이 있습니다. 마치 일란성 쌍둥이처럼 비슷한 모습을 하고 있습니다.

진료실에서 가장 최우선으로 하는 작업이 바로 성격에 따른 반응이냐 증상이냐를 판단하는 것입니다. 원래 성격이 예민한 것과 우울로 인해 예민한 것을 구분하는 것이 필요합니다. 성격 탓이겠거니 하면서 방치하게 되면 그로 인한 이차, 삼차적 문제들이 계속 발생하게 됩니다. 관계 갈등이 악화되고 이로 인해 더 예민하고 우울해지면서 관계는 더 나빠지는 등의 악순환이 생기게 되는 것입니다. 진료실에서 시행하는 검사들은 증상이 얼마나 심한가를 보고자 하는 것도 있지만 더 중요한 것은 증상인가 성격적 반응인가를 구분하는 것입니다. 신체건강검진이 얼마나 건강한가를 보려고 하는 것이 아니라 증상이 있는가 없는가를 평가하려고 하는 것과 같은 이치입니다. 적지 않은 경우 성격적 반응인줄로만 알았던 증상이 개선되면서 새로운 삶의 양상으로 변화하는 경험을 할 수 있게 됩니다. 마치 오랫동안 선글라스를 끼고 있어서 늘 어두운 줄 알았었는데, 어느 순간 선글라스를 벗게 되니 세상이 밝아 보이는 것과 비슷한 경험입니다.

얇은 냄비와 가마솥

냄비가 뜨거운 불 위에 놓여있을 때 물이 흘러넘치는 경우가 있습니다. 그때 찬물을 살짝 부으면 삭 가라앉는 것을 볼 수 있습니다. 여기서 뜨거운 불은 스트레스입니다. 냄비는 성향과 기질입니다. 얇은 냄비는 열전도율이 높아 금방 물을 끓게 하지만 가마솥은 그렇지 않습니다. 스트레스 상황에 오래 노출되다 보면 본래 가마솥과 같은 기질이었던 사람도 양은 냄비같이 변화될 수 있고 원래도 양은 냄비였던 사람들의 성향은 더 극대화되어 나타나기도 합니다. 물이 부글부글 끓다가 흘러넘치는 것은 심리적 상황입니다. 흘러넘친다는 것은 일정 수준 통제력이 상실되는 것을 말합니다. 그때 찬물 한 컵 정도를 넣는 것은 항불안제와 같이 급성기 증상을 완화하는 처방을 의미합니다. 그런데 찬물을 부어 끓어 넘치는 것을 막았다고 해서 물이 식은 것은 아니며 여전히 뜨겁게 끓고 있는 상태인 것은 마찬가지입니다. 불의 세기가 줄어들거나 꺼지는 것이 최상이나 많은 경우 외부 요인이기에 어쩔 수 없는 경우가 많습니다. 물론 가능하다면 불은 그대로 놔두고 냄비를 들어서 옮기는 방법도 있습니다. 이직하거나 관계를 정리하거나 하는 것이겠죠. 할 수만 있다면 좋은 전략일 수 있습니다만 그마저 불가능한 상황이라면 계속 끓어 넘칠 것 같을 때마다 찬물을 부어가며 진정시키는 것에도 한계가 있기 때문에 궁극적으로는 냄비의 열 차단 기능을 강화하는 것이 필요합니다. 냄비의 성상을 변화시키는 것이죠.

이처럼 스트레스 상황 때문에 경직된 사고방식을 유연하게 함으로써 관점을 다양화할 수 있어야 하며, 스파이 같은 생각에 오염되지 않았는지 점검하고 처치하는 것이 필요합니다. 찬물에 해당하는 약물 처방과 냄비의 성상 변화를 돕기 위한 열 차단제로서의 약물 처방은 종류가 좀 다릅니다. 마치 염증으로 열이 날 때, 열을 내리기 위해 처방하는 해열제와 염증 자체를 해결하기 위한 항생제가 다른 것과 유사합니다.

II. 화와 분노

Dialogue for Depression			
Category	*Anger*	**No.**	*012*

별거 아닌 일에 자꾸 짜증이 나요

결론부터 말하자면 그것이 별거 아닌 일이기 때문에 짜증이 나는 것입니다. 만약 별거인 일이라면 다른 감정을 느끼게 됩니다. 두려움을 느낄 수도 있고 깊은 슬픔 또는 분노감, 복수심 같은 감정들을 말이죠. 2020년부터 시작된 코로나19는 초기에 바이러스 감염 자체가 두려움의 대상이 되었습니다. 질병과 죽음에 대한 두려움, 사회적으로 소외되고 지탄을 받는 것에 대한 두려움 말입니다. 그런데 시간이 흐르고 오미크론이 우세종이 되어 감염자 수가 폭증한 이후에는 두려움이 아닌 짜증을 느낍니다. 코로나19는 이제 사람들에게 여전히 조심은 해야 하지만 별거 아닌 것이 되었다는 의미입니다. 그렇기 때문에 어떠한 일에 '짜증'이 난다면 일단 그 일은 별거 아닌 일입니다.

우울의 가장 흔한 증상, 짜증
시작은 미약하였으나 결과는 창대하다?

정신건강의학과에서 상대적으로 가장 만나기 어려운 대상은 40~50대 남성입니다. 치료가 필요한 증상이 있음에도 '마음이 약해서 생기는 문제'로 치부하는 경향이 상대적으로 더 높으며 '남자다움', '강함'과 '유연하지 못함'이라는 개념을 혼동하기 때문에 병원에 가기를 꺼리는 것이죠. 그래서인지 안타깝게도 자살 사망자가 가장 많은 연령층과 성별이 중년 남성입니다. 그렇게나 자신의 문제를 드러내기 싫어하는 중년 남성들을 그런 와중에도 진료실로 불러들이는 문제 중 대표적인 두 가지가 짜증과 공황 발작입니다.

사실 남녀를 불문하고 "우울한 것 같으세요?"라는 질문에 그런 것 같지는 않다고 답하면서도, "혹시 짜증이 많이 나세요?"라는 질문에는 "너무 그래요"라고 말하는 분들이 많습니다. 앞서 '감정 건물'의 비유에서도 언급했듯이 우울이라는 감정의 외벽은 쉽게 화가 나거나 짜증이 나는 증상이 덮고 있는 경우가 흔합니다. 가까운 사람들에게 자꾸 짜증내고 있는 자신의 모습은 스스로 생각하기에도 마음에 들지 않습니다. 더구나 상대가 나보다 약한 부하 직원이라던가 아니면 자녀인 경우, 내 짜증을 받아내는 그들이 힘들어하는 모습을 보면 마음 한쪽에서 미안한 마음이 들기도 합니다. 자녀가 초등학생 정도로 어린 경우에는 '내가 자꾸 짜증을 내서 아이가 주눅이 들고 자존감이 저하되면 안되는데'라는 걱정이 되기도 합니다. '시작이 절반이고 끝이 좋으면 다 좋다'는 말이 있듯 그런 마음으로 진료실을 찾는 분들은 이미 절반 이상 문제가 해결되었다고 봐도 무방합니다. 본인의 문제일 수 있음을 자각하는 것, 상대를 변화시키려 하는 것이 아니라 내가 먼저 변화하려고 시도하는 등 문제해결을 위해 출발선을 내 앞에 긋는다면 대부분 원만히 해결되곤 합니다.

고열은 사람을 힘들게 하지만 미열은 사람을 예민하게 만듭니다. 고열은 쉴 수 있는 명분이 되지만 미열은 꼭 그렇지도 않습니다. 미열인 경우 집중력도 떨어지고 매사가 귀찮고 짜증이 나기 마련입니다. 심각한 우울은 죽고 사는 문제를 고민하게 만들지만 살얼음처럼 마음을 감싸고 있는 우울은 짜증을 유발합니다. 그리고 나의 짜증은 상대를 불편하게 하고 관계에 문제를 야기하게 됩니다. '가는 말이 고와야 오는 말이 곱다'는 속담이 있듯이, 나의 짜증을 받아내는 상대 역시 짜증 섞인 반응을 보일 수 있고 그러다 보면 관계가 점점 악화되는 양상을 보입니다. 대개의 부부 불화는 별거 아닌 일에 짜증을 내는 일로부터 시작됩니다.

'시작은 미약하였으나 결과는 창대하다'는 말은 대부분 좋은 의미로 사용되는 표현이지만, 나쁜 의미로도 동일하게 적용됩니다. 이렇듯 미열이라도 열을 내리는 것은 반드시 필요하고 중요합니다. 미열이라고 방치하다 보면 고열로 악화될 수 있듯이 짜증 섞인 우울을 방치하다 보면 이차, 삼차적인 심리적 데미지를 받을 수 있고 더 심각한 스트레스 상황에 처할 수 있습니다. 그러면 어떻게 열을 내릴 수 있을까요?

마음을 달리 먹는다고 열이 쉽게 내리지는 않습니다

아무리 인간이 생각과 감정을 통제하기 위해 노력하더라도 우울이 기저에 깔린 짜증을 다스리기는 어렵습니다. 마치 생각을 고쳐먹는다고 열이 내리지 않는 것과 마찬가지입니다. 열을 내리기 위해서는 결국 해열제를 복용해야 합니다. 열이 날 때는 해열제를 복용한다는 공식은 현재 상식입니다. 짜증 섞인 우울은 마음에 열이 나는 것입니다. 따라서 같은 공식을 적용하면 이 경우에도 적절한 항우울제 처방이 도움이 됩니다. 그러나 해열제는 상식이지만 항우울제는 대중들에게 아직 미지의 대상입니다. 물론 두 처방을 동일 수준에서 비교할 수는 없습니다. 해열제는 쉽게 구할 수 있고

자가 복용이 가능하지만 항우울제는 전문가 판단에 따른 처방이 필요한 약제입니다. 따라서 짜증이 난다고 무조건 약을 구해서 복용하라는 말이 아니라, 짜증이 오래 지속되거나 빈도가 잦은 경우 '혹시 내가 우울하지는 않은가?'라는 관점에서의 평가가 필요하고 평가 결과에 따른 적절한 처방은 문제를 조기에 발견해 생각보다 수월하게 해결할 수 있다는 이야기를 드리고자 하는 것입니다.

상처가 없는 피부를 칼 손잡이로 건드린다고 생각해보세요. 분명 어떤 감각을 느낄 수 있지만 통증을 유발하진 않습니다. 그런데 칼날로 살짝 찌르게 되면 아픔을 느낍니다. 이는 지극히 정상적 반응입니다. 우울하거나 불안한 상태는 피부에 1도 화상을 입은 것으로 비유할 수 있습니다. 화상으로 상처가 난 피부는 칼날이 아니라 칼 손잡이로 자극을 주더라도 쓰리고 아플 수 있습니다. 칼날로 자극을 주면 말할 것 없이 더 큰 고통이 생기겠지요. 상처는 연고를 바르고 필요하면 항생제를 복용해서 아물게 해야 합니다. 그래야 일상적 자극에는 통증 없이 버텨나갈 수 있습니다. 우울이라는 상처 역시 그대로 두게 되면 사소한 일상의 자극에도 예민하게 반응하게 되고 그런 반응들은 상처를 덧나게 만들 수 있기 때문에 항우울제라는 연고를 잘 발라 아물게 해주는 것이 필요합니다.

감정적 거리두기

해열제를 복용하고 있다고 몸 관리를 엉망으로 하지 않듯이, 항우울제를 복용하건 안 하건 간에 마음 관리는 필요합니다. '문제는 해결되는 것이 아니라 관점을 바꾸어 해소하는 것'으로 관점을 1인칭 주인공 시점에서 3인칭 전지적 작가 시점으로 바꾸는 것이 필요합니다. 연극 무대에서 직접 연기를 하는 배우의 관점에서 관객의 관점으로, 경기장에서 플레이하는 선수의 관점에서 코치 또는 해설가의 관점으로 바꾸는 것이 중요합니다. 바둑이나 장기에서 정작 자신이 플레이할 때는 보이지 않던 수가 옆에서 볼 때는 잘 보이는 경우와 유사합니다. 심지어 플레이어가 자기보다 고수임

에도 불구하고 말입니다. 따라서 생각하는 법, 혼자 중얼거리는 방법을 바꾸는 것이 필요합니다.

'아, 열 받아' → '내가 지금 화를 내고 있구나', 이와 비슷하게 '우울해' → '내가 지금 기분이 다운되어있구나' 또는 '너무 불안해' → '내가 지금 긴장하고 있구나' 등과 같이 짜증 이외의 다른 감정 상태에서도 활용할 수 있습니다. 한번 조용히 달라진 표현을 중얼거려 보세요. 감정의 강도와 거리감이 조금은 달라짐을 느낄 수 있을 것입니다. 코로나19 바이러스 때문에 거리두기를 경험했던 것처럼 나를 힘들게 만드는 감정과도 거리두기가 필요합니다. 생각하는 방식의 변화는 해당 감정으로부터 우리를 조금이나마 떨어뜨려 놓을 수 있게 합니다. 감정 자체를 부정하는 게 아니라 감정에 압도당하지 않는 것이 중요한 것입니다.

콤플렉스

콤플렉스를 그냥 일반적 단어로 표현하면 약점이라고 보는 것이 가장 적당할 것입니다. 물론 의식 수준에서 쉽게 알 수 있는 약점만을 의미하지는 않습니다. 콤플렉스는 나의 의지와 상관없이 자기 멋대로 힘을 발휘하고 내 의지가 제대로 통제권을 행사하지 못합니다. 그럴 때 우리는 진정한 감정을 모르게 됩니다. 예를 들어 짜증을 내고는 있지만 그것이 진짜 감정이 아닐 수가 있다는 것이죠. 이러한 과정은 사실 무의식의 수준에서 벌어지기에 정신분석학 이론에서도 진정한 자신을 안다는 것은 자신의 콤플렉스가 무엇인지 아는 것에서부터 출발합니다.

일상에서 별거 아닌 일에 짜증이라는 감정이 나를 휩싸고 있다고 느낄 때 그것은 무언가 나의 콤플렉스를 건드렸을 가능성이 큽니다. 그리고 나의 콤플렉스를 자꾸 건드리는 사람과는 좋은 관계를 유지하기 어려운 것은 당연하고 피할 수 있다면 피하는 것이 현명한 것일 수 있습니다. 그렇다고 직장 내 상사나 동료가 내 콤플렉스를 건드릴 때마다 사직하고 회사를 옮길 순 없습니다. 어딜 가나 비슷한 유형의 사람은 있기 마련이니까요. 또한 부모 콤플렉스는 혈연관계를 끊을 수는 없으니(절연하는 경우도 있기는 하지만) 어쩌면 달고 살아야 할 운명이기도 합니다. 자기도 모르는 사이에 자신의 감정을 지배해버리는 콤플렉스를 이해하고 받아들여 스스로 성장하기 위해서는 단순한 상담 이상의 노력이 필요합니다. 증상이 치료의 대상이라면 성격에 따른 반응이

보다 성숙해지고 적응적이 되는 것은 성장의 영역이기에 정신분석적 심층 상담이 필요합니다.

Dialogue for Depression			
Category	*Anger*	**No.**	*013*

충동조절이 안돼요

충동은 원래 조절이 안 되는 것입니다. 무슨 말인지 의아할 수도 있겠지만 불쑥 밀려 들어오는 충동, 감정, 생각 자체를 안 들게 조절하는 것은 불가능하며 단지 우리가 조절할 수 있는 것은 행동입니다. 즉 그 충동대로 행동하지 않는다면 충동을 조절하고 있다고 할 수 있습니다. 그렇다면 왜 평상시에는 충동이 조절된다고 느끼다가 어느 순간에는 안 된다고 느끼는 것일까요?

이는 세 가지 이유 때문인데, 첫째는 충동대로 행동하기 때문입니다. 충동구매 행위를 생각해봅시다. 누구라도 충동구매를 해본 경험이 있지만 약간의 후회감을 느끼면서 대개는 '앞으로는 그러지 말아야겠다' 수준으로 넘어갈 수 있습니다. 그러나 그 빈도가 유의미하게 증가한다면 이야기는 좀 달라집니다. 독일 철학자 쇼펜하우어는 탐욕과 권태 사이를 끊임없이 왔다갔다하는 존재가 인간이라고 했습니다. 욕구가 충족되더라도 그것은 일시적일 뿐이며 곧바로 권태감을 느끼고 또 다른 욕구에 지배당한다는 것이죠. 원하는 물건을 손에 넣으면 만족감이 생기지만 그 만족감에는 유효기간이 있습니다. 유효기간이 너무 짧아져서 계속 반복적으로 무엇인가를 탐닉하고 있는 스스로를 바라보게 되면 소위 현타를 느끼게 됩니다. '충동을 통제하지 못하고 있구나'라는 생각과 함께 자책감을 느끼게 됩니다.

둘째는 충동의 내용이 파괴성을 띠게 되기 때문입니다. 물건을 사고 싶다는 충동과 자해를 하고 싶다든가 누군가를 해치고 싶다는 충동은 차원이 다른 문제입니다. 파괴적인 충동은 비록 행동으로 옮기지는 않더라도 생각 자체로 우리를 불안하게 하고 정신적으로 피폐하게 만들 수 있습니다. 마지막으로 세 번째는 충동과 행동의 거리감이 좁혀지기 때문입니다. 우리는 살아가면서 여러 가지 충동을 느끼지만, 심지어 어떨 때는 강력한 분노심이 동반된 공격적 충동을 느끼기도 하지만 불안해하지 않습니다. 왜냐하면 생각은 생각이고 충동은 충동일 뿐 스스로도 그것을 행동으로 옮기지 않는다는 것을 '확실히' 알기 때문입니다. 그런데 충동과 행동 사이의 거리가 가까워지게 되면 불안해집니다. '진짜 생각대로 행동하면 어쩌지?'라는 불안감이 커지기 때문입니다.

내 마음으로 공격해 들어온 적군, 충동

여기 내가 성주城主로 있는 성이 있습니다. 평화로운 시기에는 이웃나라들과 잘 지내니 그들이 쳐들어올 일이 없습니다. 그런데 이웃나라와 갈등이 생기면 적들이 공격해 들어옵니다. 그리고 성벽 밖에 진을 치게 되죠. 이제 성주인 나는 무엇을 할 수 있을까요? 성벽에 서서 이렇게 고함을 질러봅니다. "야, 너희들 너희 성으로 돌아가, 꺼져버려!!" 그럼 그들이 순순히 돌아갈까요? 순순히 돌아갈 것이라면 아예 오지도 않았을 것입니다. 그렇다면 적들이 쳐들어왔다고 나는 진 것일까요? 쳐들어가기만 해도 이길 수 있다면 누구나 백전백승일 것입니다. 전쟁의 역사에서 공격자가 패퇴하고 방어자가 승리한 이야기는 어렵지 않게 발견할 수 있습니다. 이 상황에서 최선인 것은 싸우지 않고 적을 돌아가게 하는 것이지만 현실적으로 내가 할 수 있는 것은 방어벽을 단단히 쌓아 백성들이 동요하지 않고 각자 해야 할 일을 할 수 있게끔 안심시키는 일입니다. 공격을 받았다고 무조건 진 것이 아닙니다. 졌다고 생각하고 무방비 상태로 있으면 무혈입성을 당해 진짜 지게 되는 것이지만, 전투의 승패는 아직 결정된 것이 하나도 없고 이제부터 시작일 뿐입니다. 그렇다고 모든 백성이 성벽에 매달려 언제 적이 돌아가나 노심초사 관찰하고 있을 필요는 없습니다. 군사들을 제외한 백성들은 잠도 충분히 자고 적절히 쉬어주면서 농사를 지어 식량을 생산하고 필요한 물품을 만들어내는 본연의 일들을 해나가야 합니다. 비록 스트레스는 받지만 그럼에도 일상을 유지하면서 계속 필요한 것들을 생산해낼 수 있다는 것은 방어자가 가지는 이점이며 그래야 장기전에서 승리할 수 있습니다. 원정군은 군수품이 언젠가는 바닥나기 때문에 전투를 마냥 끌고 갈 수 없습니다.

'충동' 역시 마찬가지입니다. 충동이라는 적군이 몰려와도 결국 내가 행동으로 옮기지 않는다면 그 전투는 내가 승리한 것이 되는 것이며, 침공을 받았다는 자체가 곧 나의 패배를 의미하는 것은 아닙니다. 또한 충동은 길건 짧건 간에 유효기간이 존재하기 때문에 속전속결을 원합니다. 속전속결을 원하는 상대에게 굳이 반응해줄 필요는 없습니다. 빨리 이 상황이 종결되기를 바라는 마음에 충동이 이끄는 대로 반응해 결론을 내고 싶은 심정은 이해가 가지만 '뭐 그러거나 말거나' 하면서 가까이 오지 못하게 대포와 화살로 공격하면서 태세를 굳건히 한다면 충동이라는 적군은 결국 물러갈 수밖에 없습니다. 그것이 충동이 가지는 본질적 특성입니다.

화살과 대포 = 약물 치료

성벽 밖 적군이 가깝게 접근하면 백성들은 불안과 공포에 떨게 되기에 화살이나 대포를 쏘면서 적정 거리를 유지할 수 있도록 방어를 합니다. 충동 또한 너무 가까이 오게 되면 이를 행동으로 옮기지 않을까 하는 불안이 커지게 됩니다. 그래서 충동과 행동의 적정 거리를 확보하기 위해서는 약물 치료가 필요합니다. 화살을 쏘아댄다고 적군이 바로 퇴각하지는 않습니다. 시야에 보이기는 하지만 그래도 너무 가깝지 않기 때문에 성 안의 백성들이 자기 삶에 집중할 수 있게 됩니다. 이처럼 충동이 듦에도 불구하고 행동으로 옮기지 않을 것이라는 생각이 점차 강해져 스스로 확신할 수 있다면 그것은 더 이상 충동이 아닙니다. 마치 퇴각을 준비하는 적군들이 아무런 영향을 주지 못하게 되는 것과 같습니다.

Dialogue for Depression

Category	*Anger*	No.	*014*

분노조절장애인 것 같아요

여기 한 남성이 있습니다. 조직 내에서 부당한 관례를 발견하고 여러 차례 문제 제기를 했었다고 합니다. 내용은 누가 들어도 타당합니다. 그런데 그것이 받아들여지지 않자 이 남성은 폭발합니다. 다른 직원과 고객이 있는 상황에서 소리를 지르게 된 것입니다. 잠깐 마음이 시원해지기는 했지만, 한편으로는 자기 자신이 무서워지기 시작합니다. 단순히 회사에서 어떤 불이익을 당할 것에 대한 두려움이 아니라 스스로를 통제하지 못하는 본인의 모습이 두려운 것입니다. 목적은 수단을 정당화하지 못한다고 합니다. 이 남성이 문제 제기하고 있는 내용에는 전적으로 동의할 수 있지만 좌절에 대한 분노감의 표출방식에는 동의하기가 어렵습니다. 그렇게 되면 이 세상은 정말 혼란스러워지겠죠.

분노조절장애란 무엇인가?

분노조절장애는 정신의학 분야에서 정식적으로 사용되는 진단명은 아닙니다. 분노조절장애는 정신장애 진단 및 통계편람(DSM-V)에서 간헐적 폭발장애와 관련 있는 것으로 보고 있습니다. 간헐적 폭발장애는 공격적 충동조절이 어려워 파괴적 행위 또는 언어적 공격성 등이 간헐적으로 반복되는 상태를 말합니다. 위의 남성은 일시적으로 분노를 표출했지만 이것이 습관화되는 경우도 있습니다. 분노조절이 어려운 이유는 그 자체로서의 문제일 수도 있지만 많은 정신적 문제에서 나타나는 증상의 표현인 경우가 더 많습니다.

보동 우울이라고 하면 위축되고 무기력하다고 알려져 있지만 짜증과 함께 분노가 증가하는 우울도 매우 흔합니다. 우울증에서 느끼는 분노는 대개 우울감이 개선되면서 함께 좋아집니다. 간헐적 폭발장애와 비슷한 증상을 갖고 있는 분들에게 항우울제가 적절하게 처방된 경우 "예전 같았으면 짜증내고 화도 냈을 텐데 그냥 받아들이게 되었다"고 이야기하는 분들이 많습니다. 원래 예민한 성격으로만 알고 있다가 약물 치료로 그 정도까지 변화될 수 있으리라고는 미처 생각지 못했던 것이죠. 항우울제가 성격을 바꾸지는 못하지만 '성격의 탈을 쓴 우울 증상'은 충분히 개선할 수 있습니다.

조현병과 같은 중증 질환의 분노조절장애 문제는 망상 등의 증상에 따른 이차적인 경우가 흔하지만 약물 치료로 증상이 완화되면 분노라는 감정도 줄어들 수 있습니다. 물론 병을 가지고 살아가야 하기에 현실의 장벽으로 인한 정상적인 분노의 감정은 경험할 수도 있습니다.

사회적으로 문제가 되는 것은 성장 과정에서의 반복된

상처로 인해 형성된 특정 성격유형에서 보이는 분노 표출의 문제입니다. 질환의 증상과 연동되어 있는 분노는 비교적 용이하게 완화 또는 해결할 수 있지만 상처의 누적으로 형성된 성격적 문제로서의 분노는 스스로 또는 주변의 권유로 병원에서 치료를 받는 경우가 적기 때문에 진료 현장보다는 뉴스 사회면이나 영화, 드라마 그리고 법적 상황에서 접하게 되는 경우가 많습니다.

분노와 용서

유대교 랍비 하임 샤피라Haim Shapira는 《행복이란 무엇인가》라는 저서에서 "분노는 타인의 어리석은 행동을 가지고 자신에게 벌을 주는 것이다"라고 말합니다. 그리고는 각주에 '상식'이라고 써두었습니다. 이 정도는 누구나 알고 있는 이야기라는 뜻이지만 우리는 알고 있는 것과 실제는 다르다는 것 역시 잘 알고 있습니다.

분노 자체가 문제가 되지는 않습니다. 오히려 분노하지

못하는 것이 문제일 수도 있습니다. 사회 부조리와 같은 정의롭지 못한 일에 우리는 분노해야 합니다. 중요한 것은 우리가 사용하는 분노의 칼, 그 손잡이에 독이 묻어 있는지 아닌지입니다. 독은 분노의 방향성이 상실될 때 활성화됩니다. 지그문트 프로이드가 우울에 대해서 '공격성이 유턴해서 나를 향하게 되는 것'이라고 했듯이 문제는 분노가 유턴해서 우울이라는 자기 파괴적 감정이 될 때입니다.

여러분도 누군가에 대한 분노로 일상이 함몰되어 본 경험이 있으신가요? 깊은 상처를 남긴 상대방을 절대로 용서하지 않겠다는 강한 다짐이 분노의 감정이 되어 아픔을 준 상대방에게 닿아 시원한 복수가 될 수 있다면 좋겠지만 안타깝게도 이는 자신에게 가장 파괴적으로 작용합니다. 수류탄을 던져야 하는데 던질 곳을 못 찾다가 내 손안에서 터지게 되는 것이죠. 이로부터 자유로워질 수 있는 가장 효과적인 방법은 받은 만큼 돌려주는 것도, 상대방의 몰락도 아닌 '용서'라는 사실을 모르는 바도 아니건만 이는 세상에서 가장 어려운 일입니다.

프랑스의 철학자인 자크 데리다Jacques Derrida는 “용서는 오직 용서할 수 없는 것을 용서하는 것”이라고 했습니다. 그만큼 용서는 쉽지 않습니다. 용서가 곧 미덕이라는 사회적 분위기가 압박감이 되어 형식적인 용서가 오고 가면서 피해자의 마음속 상흔만 깊어지기도 합니다. 용서는 상대의 진정 어린 사과가 전제되어야 합니다. 사과가 없는 용서는 자위행위에 불과할 수도 있습니다. 영화 <밀양>의 주인공 전도연 씨가 극 중에서 자신의 아들을 유괴하고 살인한 범죄자를 용서하기 위해 교도소에 방문합니다. 용서하려면 사과를 받아야 할 테니까요. 용서할 준비를 마치고 교도소에 갔더니, 그 범죄자는 이렇게 말합니다. 이미 하나님께 용서를 받았다고 말입니다. 피해자의 부모가 용서를 안했는데 범인이 알아서 스스로를 용서한 상황에서 엄마는 절규합니다.

누군가 내게 잘못을 저지른다면 화가 나는 것은 매우 당연한 반응입니다. 어느 정도의 심리적 타격을 받았는지에 따라 오래 지속될 수도 있습니다. 용서를 통해 상대방이 양심의 가책에서 자유로워지는 모습을 보는 것이 억울하고 분하다는 생각에 절대 용서치 않겠다는 다짐을 굳게 하기도 합니다. 용서는 타인의 기준으로 왈가왈부할 수 있는 것이 아니며, 용서 여부도 오로지 피해자가 결정하는 것입니다. 그것도 사과를 받았다는 전제 아래에서 말입니다.

다만 삶이 누군가에 대한 분노로 인해 크게 흔들리고 있다면 그것은 정신건강적인 측면에서 경계할 필요가 있습니다. 이미 지나가버린 과거는 아무리 고통스러웠다 할지라도 변화시킬 수 없습니다. 불변의 '과거'가 '현재'를 지배한다면 결국 나는 부정적인 과거를 계속 양산하게 되는 것이죠. 그래서 정신치료에서는 '지금 여기에서'라는 개념을 강조합니다.

피해자는 아플 수밖에 없습니다. 하지만 피해자가 경험한 일련의 상황과 감정들은 엄밀히 따지면 이미 지나가버린 과거입니다. 삶의 주체를 '과거의 상처'와 '가해자에 대한 감정'에게 넘겨주게 되면 고통은 반복될 수밖에 없습니다. 용서는 의무가 아닌 선택이지만 그로 인한 심리적 문제가 통제 가능한 선을 벗어나고 있다면 나와 내 삶에 대한 존중의 의미로 '용서'를 선택해볼 수 있는 것입니다. '용서'를 통해 나를 옥죄어오던 과거에서 벗어나 비로소 현재에 집중하고, 미래로 향하는 힘을 얻게 됩니다. 더 이상 '피해자'가 아닌 오직 내 삶의 주체로써 '지금, 여기'에 긍정적인 에너지를 집중해보세요. 그리함으로써 나를 갉아먹던 부정적인 감정으로부터 조금씩 벗어남을 느낄 수 있을 것입니다.

독이 묻어 있는 칼은 버려야 합니다.
뗏목이 필요합니다.
흐르는 마음의 강물에 뗏목을 띄워보세요.
그리고 그 위에 분노의 감정을 올려보세요.
그리고 강물을 따라 흘러가는 뗏목 위의
분노를 바라보세요.
흐르지 않는 물은 썩는 것처럼
분노를 틀어막지 말고 흘려보내세요.

Dialogue for Depression

Category	*Anger*	**No.**	*015*

주변 사람들의 말에 자꾸 상처를 받아요

지금부터 이어지는 몇 개의 주제들에서는 소위 대인관계의 어려움에 대한 부분을 다뤄보겠습니다. 인간은 사회적 동물이기에 누군가와 관계를 맺고 이어가야 합니다. 운명적으로 만들어진 혈연관계를 시작으로 친구, 선후배, 직장, 연인, 부부관계 등 사적, 공적인 관계들로 인생은 꽉 차 있습니다.

말하기에 대한 규칙

수많은 관계 속에서 갈등을 최소화하려면 말하기에 대한 규칙을 지켜야 합니다. 아무리 가까운 사이라 할지라도 말입니다. 사실 가까운 사이일수록 규칙을 무시하기 쉽기 때문에 말로 인한 상처를 주고받는 경우가 자주 나타나며 대개는 갈등과 다툼이 발생하고 관계가 멀어져 관계가 단절되기도 합니다.

그런데 잘 모르는 사람과의 문제에서는 좀 다른 상황이 전개될 수 있습니다. 개인 대 개인의 상황에서 심한 욕설이 오고 간다면 모욕죄로 고소/고발을 할 수도 있고 공공연한 상황에서 발생한다면 사실적시에 의한 명예훼손이나 허위사실 유포에 대한 명예훼손과 같은 법적 공방으로 번지기도 합니다. 이처럼 잘 모르는 사람이라면 법적 다툼을 할 정도로 심각한 수준의 상처 주고받기를 우리는 주변 가까운 사람들과 일상적으로 반복하고 있는 것일 수도 있습니다.

말하기에 대한 규칙은 간단합니다. **'사실을 말하기, 필요**

할 때 말하기, 나이스하게 말하기'입니다. 어떤 말이 비록 내가 듣기 불편한 내용이라고 하더라도 맞는 말이라면 기분이 그리 나쁘지 않았던 경험은 누구나 해보셨을 겁니다. '그래, 맞지. 그래, 맞아'라고 생각하면서 말입니다. 그런데 아무리 맞는 말이라 하더라도 기분이 굉장히 상하는 경우가 있습니다. 그건 왜 그럴까요? 그건 굳이 그 말을 할 필요가 없는 상황인데도 불구하고 말했기 때문입니다. 소위 팩트 폭격, '팩폭'이라고 표현하기도 하는데요. 그 팩폭이 되게 쿨하고 사이다 발언이라고 생각될 수도 있겠지만 꽤 많은 경우에는 소통 과정에서 상처를 주고받는 주요 원인이 되기도 합니다. 예를 들어 비만이 아주 심한 사람이 있다고 생각해보세요. 비만이라는 것은 의학적인 기준이 있기 때문에 사실 여부가 확실합니다. 그래서 비만이라고 확인된 사람에게 그것이 아무리 사실이라 하더라도 앞뒤 맥락 없이 그냥 "너 뚱뚱해!"라고 이야기를 툭 던져버리면 그건 기분을 상하게 만들 수 있습니다. 그냥 길을 가는데 누가 와서 뒤통수를 때리고 가는 것과 비슷한 느낌일 것입니다.

그런데 "너 너무 살이 많이 쪘어!"라는 이야기를 건강에 대해 신경 쓰라는 의도로 적절한 상황에서 이야기한다면 그것은 필요한 말일 수가 있습니다. 사실이기도 하고 필요한 말이기도 한 거죠. 그런데 아무리 그것이 사실이고 심지어 필요한 말이라 하더라도 나이스하게 이야기를 하지 않는다면 꽝입니다. 표현이 좀 그렇지만 "너 그렇게 뚱뚱한데 맨날 그렇게 ×먹다간 일찍 ××"라고 이야기를 한다면 그건 싸우자는 이야기나 다를 바 없는 것이고 싸우지 못할 관계라고 하더라도 매우 기분이 상하게 될 것입니다.

민약 누군가와 이야기를 하다가 기분이 나빠진다면 상대방이 말하기에 대한 규칙을 제대로 지켰는지 생각해보세요. '저 말이 사실인가? 필요한 말이었나? 아니 잘 모르겠지만, 무례한 표현은 아니었나?' 이 질문에 대해 어느 하나라도 충족되지 않는다면 그것은 기분을 상하게 한 상대방이 문제입니다. 아무리 내가 낮은 자존감 때문에 고통받고 있다고 하더라도 모든 것을 내 탓으로 돌리면 곤란하기에 따질 것은 상세히 따져서 잘잘못을 가릴 필요가 있습니다. 상대의 말이 사실이 아니어서 신경 쓰지 않는 것, 뜬금없이 내뱉은 말을 '거 웃기는 사람이네'라고 넘길 수 있는 것, 예의 없게 말하는 상대를 무시하거나 적절하게 되받아칠 수 있는 것은 객관적으로 잘잘못을 충분히 가릴 수 있기 때문에 가능한 것입니다. 여기서 중요한 것은 말하기에 대한 규칙은 물론 나 스스로에게도 동일하게 적용되어야 한다는 것입니다.

사람을 살리는 말

운영하고 있는 정신건강의학과 클리닉의 명칭에 '라이프'라는 단어를 사용한 것은 유래가 있습니다. 비영리 민간단체 자살예방행동포럼 <라이프>의 대표로 일하며 진행한 캠페인의 타이틀이 'Voice of Life, 사람을 살리는 말'이었고 이후 클리닉의 이름으로까지 연결되었습니다. 캠페인에서 이야기하고자 했던 부분은 말이 사람을 죽일 수도 있고 살릴 수도 있으니 주변 사람들을 살릴 수 있는 말을 하자는 것입니다. 사실이 아닌 이야기를 필요하지도 않을 때 모욕적으로 반복해서 이야기하다가, 점차 그 수위를 높여 이야길 한다면 그것은 사람을 죽이는 말이 됩니다. 사실이라 하더라도 필요하지 않을 때 이야기하는 것, 사실이고 필요할 때라도 상대방의 인격을 고려하지 않고 함부로 이야기하는 것 등 누군가를 인격적으로 죽이는 말을 한다는 것은 어떤 이유에서든 용납될 수 없습니다. 부모가 자녀를 야단칠 때 잘못을 해서 그럴 수도 있겠지만 그 야단치는 방식이 과하거나, 인격을 모독하는 등 부모의 감정 상태에 따라서 그 감정을 풀어버릴 하나의 도구로서 자녀를 활용한다면 이러한 부모의 말은 아이들에게 트라우마로 남게 됩니다. 그 트라우마는 자녀들 내면의 인격을 점차 죽여 나가게 될 것입니다.

모든 잘못된 일에는 내 탓도 있지만 모두 내 탓인 건 아닙니다. 분명히 상대가 잘못한 부분이 있음에도 불구하고 상대의 탓으로 돌리지 못해 생기는 화와 울분은 결국 나 자신을 공격하게 됩니다. 그것이 바로 우울입니다. 상대방한테 안 좋은 이야길 들었을 때 나는 어떡하든지 스스로를 방어해보려 눈을 감고 주먹을 내지르면서 싸웁니다. 한참 주먹을 내

지르다가 어느 순간 눈을 딱 떠봤더니 나와 싸우고 있는 상황, 그것이 우울의 상태인 것입니다. 따라서 우리는 누군가를 우울의 상태로 몰아붙이는 게임을 하면 안됩니다. 내가 화가 난다고, 짜증이 나 있는 상태라고 사실인지 아닌지도 불분명한 말을 굳이 필요하지도 않을 때 잔뜩 가시를 세워서 퍼붓는다면 그것이 바로 사람을 죽이는 말이 되는 것입니다.

질문은 궁금할 때만 하는 것

나이스하게 말하지 않는 것에 대한 예시 중 대표적인 것이 궁금하지 않음에도 질문하는 것입니다. 언뜻 SNS 어딘가에서 본 뒤 마음에 와닿아 종종 인용하는 내용인데, 요지는 질문의 형태를 띤 공격적 언어 표현이 상대에게 마음의 상처를 줄 수 있다는 것입니다. 예를 들어 부모가 자녀에게 “넌 왜 항상 그 모양이니?”, “언제 철들 건데?”라는 말을 할 때 분명 문장은 의문문의 형태를 취하고 있지만 사실 궁금해서 질문하는 것은 아닙니다. 네가 그렇게 행동하는 것이

못마땅하다거나 좀 더 성숙한 태도를 보이면 좋겠다는 메시지를 전달하고자 하는 것인데 질문하듯 쏘아붙이는 경우가 있습니다.

직장에서의 예를 한번 들어볼까요? 부하 직원이 상사에게 무언가 보고를 합니다. 그때 상사가 "그게 지금 왜 필요하죠?"라고 말하는 상황을 생각해봅시다. 과연 상사가 그게 지금 왜 필요한지 궁금해서 물어보는 것일까요? 아니면 필요 없다는 말을 하고자 하는데 질문의 형태를 취한 것일까요? 그 질문을 들은 부하 직원은 순간 머리가 멍해지게 됩니다. 왜 필요한지에 대한 배경을 설명해야 하는지, 아니면 필요 없는 것을 제안하고 보고해서 죄송하다는 이야기를 해야 할지 말입니다. 소위 양가감정의 상태에 빠지게 됩니다. 누군가에 의해서 양가감정 상태에 빠지게 되는 것은 불쾌감과 모욕감을 유발하게 됩니다. 따지고 보면 선택을 강요당하는 것이니까요. 더 합리적 선택지가 있음에도 그것이 아니라 상대가 던진 두 가지 안에서만 선택을 해야 한다는 압박감은 자아를 찌그러지게 만듭니다. 소위 말하는 '태움[7]'이 바로 이것입니다. 개인적으로 질문의 형태를 띤 나무람이 태움의 본질이라고 생각합니다. 태움을 당한 사람들은 그 당시에는 경황없이 어떤 말이라도 하고 겨우겨우 지나갔더라도 밤에 잠들기 전까지 계속 머리를 어지럽게 하는 생각과 감정들로 힘듭니다. 당황해하는 모습을 보인 스스로가 마음에 안들 수 있고, 당황하게 만든 상사에 대한 화가 날 수도 있습니다. 제일 힘든 것은 반복적으로 그 상황을 재연하는 것입니다. '이렇게 이야기를 했어야 했는데, 저렇게 반응을 했어야 했는데'와 같이 머릿속을 떠나지 않는 생각들은 잠 못 이루게 하곤 합니다.

가장 바람직한 의사소통 방식은 궁금할 때만 질문하는 것입니다. 선생님이 학생을 가르칠 때, 직장에서 교육을 하는 상황일 때는 답을 알고 있으면서도 아는지 모르는지 확인을 위해 물어볼 수 있겠죠. 그러나 교육과 훈련이 아닌 상황

---

7 직장 내 괴롭힘. 주로 직급, 경력 따위의 위계질서를 기반으로 병원내 간호사들이 윗사람이 아랫사람을 괴롭히는 분위기나 악습을 이를 때 쓰인다.

을 위해 물어볼 수 있겠죠. 그러나 교육과 훈련이 아닌 상황에서는 궁금할 때만 물어보는 것이(그것도 나이스하게) 불필요한 갈등을 예방하거나 최소화하는 방법입니다. 앞의 예시를 다시 보겠습니다. 부하 직원이 무언가 보고를 합니다. 상사는 뭔가 마음에 들지 않습니다. 그래서 그 건에 대한 자신의 생각을 이야기하고는 묻습니다. "어떻게 생각해요?" 이 질문은 궁금해서 물어보는 것입니다. 자신의 생각에 대한 부하 직원의 의견이 궁금해서 묻는 것이니까요. 궁금해서 묻는 것은 상대에게 상처를 주지 않습니다.

동일한 실수가 반복되어 이야기가 길어진다면 지적을 하는 상사도 분명 스트레스를 받겠지만, 그렇다고 공격적 언사가 근본적인 문제를 해결하는 데 도움이 되는 것은 아닙니다. 오히려 불필요한 감정적 에너지만 생성될 뿐입니다. 최근 몇 년 전부터 시행되고 있는 직장 내 괴롭힘 방지법에 대한 각자의 입장이 있습니다만 결국은 누가 더 명분을 가지고 있는가의 이슈로 귀결됩니다. 말하기의 규칙을 지키는 것, 사람을 살리는 말을 하는 것, 질문의 형태를 띤 공격적 언사를 주의하는 것 등이 지켜진다면 사실 별다른 문제가 생기지 않겠지만 이는 말처럼 쉬운 일은 아닙니다. 말처럼 쉬운 일이라면 굳이 다시 강조하지 않아도 될 테니까 말입니다.

Dialogue for Depression			
Category	*Anger*	**No.**	*016*

친구 때문에 너무 스트레스 받아요

친구에게 무시당해서 힘들다는 경우를 많이 접하게 됩니다. 그럴 때 처음 하는 질문은 "그 친구가 정말 친구인가요?" 입니다. 대부분은 "친구에요!"라고 대답을 합니다. 그런데 나를 일상적으로 무시하는 사람을 친구라고 표현하면 안 됩니다. 철학학파에 따라서는 우정이라는 가치가 행복의 3대 조건으로 거론될 정도로 '친구'는 우리가 일상적으로 여기는 데에 비해 매우 소중한 존재입니다. 누구를 친구로 맞이하거나 누군가의 친구가 된다는 것은 배우자를 만나는 것만큼, 경우에 따라서는 더 크고 중요한 의미를 가지고 있습니다. 그렇기에 친구에게 배신을 당하는 것은 너무 큰 재앙입니다. 그런데 배신을 하는 사람은 이미 친구가 아니기에 친구에게 배신을 당했다고 볼 수 없는 일종의 모순적 상황이라고 볼 수 있습니다. 따지고 보면 그냥 알고 지내던 지인에게 배신을 당한 것일 뿐입니다.

나 원래 이래

갈등의 씨앗은 '원래 그런 것' 때문에 뿌려집니다. 관계의 초반에는 '원래 그런 것'을 다른 달콤하고 좋은 것들이 감싸고 있기 때문에 별다른 문제가 생기지 않습니다. 하지만 달콤한 것에는 유효기간이 있습니다. 반면 '원래 그런 것'에는 유효기간이 없습니다. '원래 그런 것'이 잘 맞는 관계는 축복받은 관계인 것이고 잘 맞지 않는 관계라면 의미 있는 관계로 발전하기 위해서는 매우 큰 노력이 필요합니다. 상호 간에 '원래 그런 것'이 잘 안 맞는다고 인지하고 맞추려 노력을 해나가는 관계가 어쩌면 대다수입니다. 그런데 문제는 상호 간에 관계개선을 위한 노력을 하다가 어느 한쪽이 "나 원래 그런 사람이야"라는 말을 내뱉게 될 때 발생하게 됩니다. 자기는 변하지 않을 테니 네가 맞추거나 말거나라는 식의 태도는 관계에 대한 책임을 지지 않고 떠넘기겠다는 의미이며 상대를 존중할 의사가 없다고 표현하는 것입니다.

저 친구는 나를 존중하고 있는가?

위의 질문은 저 사람이 친구인지 아닌지 판단하기 어려울 때 스스로에게 해야 하는 질문입니다. 철학자 니체는 "사람은 누구나 스스로를 가장 사랑하지만 그 관계가 친구라면 상대를 더 존중한다"고 말합니다. 사랑과 존중의 개념을 구분하면서 자기 자신보다 더 존중할 수 있는 대상을 친구로 정의하고 있는 것입니다. 그렇기 때문에 니체의 관점에서 본다면 친구가 나를 무시하는 순간 그 사람은 친구가 아닙니다. 그냥 아는 사람일 뿐입니다. 그런데도 우리는 그냥 무심결에 '친구가 나를 무시한다'고 이야기합니다. 이 표현을 바꿔야 합니다. 친구가 아니라 '같이 놀던, 그냥 아는 사람이 나를 무시하는 것 같다'고 말입니다. 무시당하는 느낌이 싫고 화가 나기 때문에 관계를 끝내야 하나 말아야 하나는 다음 이슈입니다. 지금은 우선 누구에게 그런 느낌을 받은 것인가에 집중해보도록 합시다. 별거 아닌 것 같지만 매우 중요합니다. 왜냐하면 '친구'라는 단어에는 우리가 의식하지 못하는 엄청난 의미가 오랜 시간 동안 누적되어 있고 우리는 의식적 또는 무의식적으로 그 의미를 가슴속에 담고 있으면서 영향을 받고 있습니다. '친구와 우정'이라는 일종의 집단 무의식을 갖고 있다는 이야기입니다. 그렇기 때문에 친구라는 단어를 사용할 때는 신중해야 합니다. 단순히 학교 동창, 그냥 아는 사람, 꽤 친근하게 자주 놀기도 하는 사이인 그 사람이 나를 무시하는 것 같다는 정도가 가장 적합한 표현이라고 볼 수 있습니다. 표현을 조금 달리할 뿐인데도 내가 느끼는 감정의 차이는 꽤 커질 수 있습니다.

주식 투자와 친구관계

단기성 투기 목적이 아니라 건전한 투자의 목적으로 주식을 하는 사람들이라면 순간순간 수익성이 커질 때도 있지만 경우에 따라서는 손실을 볼 수도 있다는 건 상식으로 받아들입니다. 그럼에도 불구하고 장기적으로 보았을 때 주식 투자를 하는 것이 인생의 풍요로움에 도움이 되고 성취감에 긍정적 영향으로 작용하게 될 것이라는 희망을 갖고 있기도 하죠. 친구관계를 주식 투자와 비교하는 것은 말이 안 되지만 그럼에도 유사한 특질은 가지고 있습니다. '왜 어떤 사람하고는 친구관계를 맺고 유지하려고 하지만 어떤 사람하고는 그렇게 하지 않는가?'라는 생각을 하다 보면 주식 종목을 고를 때와 본질적으로는 같다는 생각을 하게 됩니다. '나에게 유익한가?'라는 어쩌면 가장 본질적이고 우선적 질문 말입니다. 유익성에 좌지우지되는 관계를 진정한 친구관계라고 볼 수 있느냐는 이슈로 넘어가면 담론이 너무 확장되니 여기서는 생략하도록 하겠습니다.

주식을 통해서 수익을 보게 되면 사람들은 기뻐합니다. 하지만 한편으로는 그것이 당연하다고 생각합니다. 왜냐하면 주식 투자를 하는 목적이 수익을 얻기 위한 것이기에 수익을 얻는 것은 당연하다고 여기기 때문입니다. 하지만 손실을 보는 것은 예측 밖에서 벌어진 사건이라고 생각을 합니다. 그래서 수익은 당연하지만 손실은 억울한 일로 받아들이게 됩니다. 친구관계에 있어서도 그 친구가 나한테 잘해주었을 때, 즉 플러스적인 것들을 주었을 때는 (물론 고맙기도 하지만) 당연하다고 생각을 합니다. 왜냐하면 내가 그 사람을 친구로 생각하는 이면에는 '나에게 유익하다'는 것이 전제로 깔려있기 때문입니다. 그런데 그 사람이 나를 속상하게 했을 때, 즉 나에게 마이너스적인 요소를 주었을 때는 나쁜 문제라고 생각합니다. 친구관계에서 기대되는 상황이 아니기 때문입니다.

하지만 그 사람이 친구라면 궁극적으로는 나에게 도움이

되는 사람이고 나를 유익하게 만드는 사람이라는 건 변함없는 사실입니다. 나에게 항상 좋은 상황만 있을 수는 없지만, 함께 있을 때 항상 안 좋은 상황만 있다면 이미 친구가 아닙니다. 친구가 아닌 사람이 나한테 마이너스적 요소를 주는 것은 별로 중요하지 않습니다. 친구가 아니기 때문에 관계를 끊어내면 되기 때문입니다.

Dialogue for Depression

Category	*Anger*	No.	*017*

매번 양보만 하는 내가 바보 같아요

주변에 베풀기를 잘 하는 나. 그러다 보니 소위 호구 취급을 받는 느낌을 종종 경험하면서도 어쩌지 못하는 자신의 성격이 싫은 사람들이 있습니다. 주변에서 자신을 착하다고 생각하는 것이 아니라 바보 같다고 여긴다는 것입니다. 자신의 배려를 고맙게 생각하는 것이 아니라 언제든 내 의견을 무시할 수 있다는 느낌을 받을수록 자기혐오는 강해지며

"참 착한 것 같아"라는 말은 칭찬이 아니라 조롱같이 느껴집니다. 그렇다고 자기주장만 내세우는 것은 마치 맞지 않는 옷을 입고 있는 것 같이 어색합니다. 조금 손해 보는 것 같더라도 그냥 상대방 의견에 맞춰주는 것이 마음이 편하지만 마냥 편치만은 않습니다.

양보와 친절

양보의 정의를 사전에서 찾아보면 다음과 같습니다. '다른 사람의 입장을 이해하여 자신의 주장이나 의견을 굽히고 상대의 의견을 좇는 것.' 이처럼 양보를 하는 것은 미덕이지만 양보만 하는 것은 문제일 수 있습니다. 그렇기 때문에 양보의 개념에 대한 재정립은 필요합니다. 사실 양보가 아닌 것도 양보했다고 생각하게 되면 나는 매번 양보만 하는 사람인 것 같아 필요 없는 자기비하를 유발할 수 있습니다.

예를 들어 내가 A도 상관없고 B도 상관없는 상황에서 A를 선택했는데, 누군가 자신은 A여야만 하는 상황이라고 말하기에 내가 A를 포기하고 B로 선택지를 바꾸는 경우를 생각해보겠습니다. 이것을 양보라고 해야 할까요? 물론 그렇게 생각할 수 있지만 이는 '친절'이라는 표현으로 바꿀 수 있습니다. 반면 나도 A여야만 하는데 상대의 입장을 고려해서 A를 포기했을 때는 양보가 맞습니다. 일정 부분의 손실 또는 번거로움을 감내해야 하는 것이니까요.

길을 걸을 때 반대 방향에서 나와 같은 쪽으로 걸어오는 사람을 발견하면 우리는 어떻게 합니까? 살짝 방향을 바꿔서 부딪치지 않게 하겠죠. 누가 먼저 방향을 바꾸는지는 중요치 않습니다. 만약 그것이 중요하다고 생각하는 사람은 아직 미취학 아동의 수준이라고 볼 수 있습니다. 그런데 좁은 다리에서 맞닥뜨리게 되면 누군가는 다시 뒤로 돌아가서 상대를 먼저 지나가게 해주어야 합니다. 뒤로 돌아가는 수고를 해야 하고 그만큼의 시간 손실을 감내해야 하는, '양보'를 한 것이죠. 그런데 조금 더 생각해보면 이 역시 양보의 문제가 아닐 수 있습니다. 정확히 중간에서 마주친 것이 아니라 누군가 먼저 진입한 사람이 있는 경우라면 나중에 들어온 사람이 돌아가는 것이 합당합니다. 일종의 사회적 규약인 셈이고 이는 자동차를 운전할 때 발생할 수 있는 다양한 상황에 대한 도로 교통 수칙에서도 발견할 수 있습니다. 예를 들자면 먼저 진입한 차량 우선의 법칙이라던가, 언덕에서는 올라가는 차보다 내려가는 차가 우선이라던가, 병목지역에서는 양차선에서 한 대씩 교대로 진입해야 한다든가 등의 규칙이 바로 그것입니다. 이런 상황에서 우리는 양보 운전을 했다고 이야기하나 사실은 사회적 약속임을 알 수 있습니다. 그런데 이 규칙을 깨면서까지 다른 누가 나보다 먼저 가려고 할 때 그 상황을 이해하고 받아들여 먼지 가게 해주는 상황이라면 양보가 맞습니다. 이렇듯 상식적인 상황에서라면 일상생활에서 친절의 수준이 아닌, 손해를 감수하면서까지 '좁은 의미의 양보'를 할 일은 사실 그리 많지 않습니다. 친절과 양보를 구분하는 것은 쓸데없는 자기비하를 줄이기 위해 필요한 첫 번째 단계입니다. 양보만 하는 나는 문제일 수 있지만 친절한 나는 전혀 문제될 것이 없기 때문입니다.

예전 한 신문의 칼럼에서 본 내용입니다. "바보의 속성을 키워드로 다시 한 번 정리하면 이렇습니다. 그것은 친절, 배려, 신뢰, 절제, 겸손, 집중력, 책임감, 학습 태도, 성실, 일관성, 우직함, 과묵함, 도전정신, 목표에 대한 애정 등입니다. 이 정도면 성공할 수밖에 없고 성공해야만 하는 것 아닌가요? 이것은 성공을 이루기 위해 갖추어야 할 자질과 거의 일치합니다."[8]

결국은 자존감

바보가 가지는 덕목이 이렇게 좋을 수 있더라도, 그것이 양보이건 친절이건 왜 나만 계속 해줘야 하는지에 대한 고민은 여전히 남을 수 있습니다. 그런데 누가 문제일까요? 요구하는 사람일까요? 해주는 사람일까요? 착하고 마음이 약해 보이는 사람에게 자꾸 친절을 빙자한 양보를 요구하는 사람이 있다면 그 사람이 문제이지 해주는 사람이 문제는 아닙니

---

8 김동수, "바보 같은 착한 사람이 성공한다", <광양경제>, 2018년 08년 08일자.

다. 사회적 규칙을 지키지 않고 막무가내로 자기가 먼저 가겠다고 버티는 사람이 문제이지 비켜주는 내가 문제는 아닌 것처럼 말입니다. 또한 누군가의 막무가내식 태도를 용인해주는 사회와 조직이 있다면 그 역시 해당 사회와 조직이 문제인 것이지 내가 문제는 아닙니다. 그런데 내 문제가 아님에도 불구하고 힘들고 괴로워하고 있다면 그것은 나의 문제입니다. 그렇기 때문에 어떻게 하면 친절한 행동이나 양보를 덜 할 수 있을까를 고민하는 것이 아니라 친절한 행동이나 양보를 하더라도 괴로워하지 않게 되는 것이 중요한 부분입니다.

거절하지 못하는 이유는 상대가 받을 상처가 신경 쓰이기도 하지만 궁극적으로는 본인이 거절당하는 것에 대한 두려움 때문이라고 볼 수 있습니다. 거절에 대한 두려움이 없는 사람이 친절과 양보를 베푸는 것은 그렇지 않은 사람의 양보와는 다릅니다. 두려움의 영향을 받아서 '어쩔 수 없이' 해야 하는 양보와 친절은 그렇게 해서라도 채워야 하는 인정 욕구의 표현입니다. 남의 의견을 잘 받아들이고 순응해야 비로소 인정받을 수 있다는 소위 '착한 사람 콤플렉스'는 겉으로 보기에는 남을 위한 것으로 보이지만 사실은 자신을 위한 행동이기에 내적 모순에 부딪히게 되며 그래서 마음이 불편해집니다.

돌고 돌아 결국 자존감의 이슈로 귀결됩니다. 자존감이 높아진다면 이 콤플렉스는 해결될 수 있습니다. 문제는 자동차의 '승차감'도 어느 하나의 요인이 아니라 자동차와 각 부품의 기계적 특성과 운전습관 및 도로상황이 모두 반영되어 결정되는데, 이보다 몇 백만 배 이상 복잡한 인간의 '자존감'을 향상시키기 위한 방법이 간단할 리 없다는 데 있습니다만, 그럼에도 시작은 해볼 수 있습니다.

자존감이 높아진다는 것은 스스로를 좋아하게 되는 것을 말하기 때문에 우선은 친절과 배려를 아끼지 않는 자신의 착함을 좋아해야 합니다. 그리고 세상에는 착한 사람을 좋아하는 사람들이 매우 많다는 것을 꼭 기억하세요. 다음으로는 나에게 양보를 부탁하는 사람과 양보를 강요하는 사람을 구분할 수 있어야 합니다. 인간관계를 정리해나가는 데 있어 변하지 않는 몇 가지 절대적 규칙 중 하나는 나를 존중하지 않는 사람을 쳐내는 것입니다. 반복적으로 양보를 강요해오는 사람은 나를 존중하지 않는 것이기에 궁극적으로는 관계를 정리해야 합니다. 알고 지내는 사람보다 처음 보는 사람의 부탁을 거절하기가 더 쉬운 것처럼, 상대와 나와의 심리적 거리감을 재조정하는 것이 관계 정리의 시작입니다. 어떤 방식이건 당장은 어색하고 힘들지라도 그것은 연습을 통해 익숙해져야 하고, 충분히 그렇게 될 수 있습니다. 어떤 스포츠이건 슬럼프에서 빠져나오기 위해선 기존의 나쁜 습관을 바꿔야 합니다. 그것이 어색해서 은근슬쩍 원래 방식으로 돌아가게 되면 슬럼프에서 빠져나올 수 없습니다.

Dialogue for Depression

Category	*Anger*	No.	*018*

다른 사람들의 평가가 두려워요

혈당이 0이면 죽은 목숨이듯 인정에 대한 욕구가 없는 사람은 사회적 관계에서 죽어있는 것과 같습니다. 따라서 인정받고자 하는 욕구 자체는 문제가 아닙니다. 혈당이 오르면 인슐린이 분비되어 조절하듯이 과도한 인정에 대한 욕구를 조절하는 것은 자존감입니다. 인슐린이 부족하면 당뇨의 여러 증상이 찾아오듯이 자존감이 낮으면 과도해진 인정에 대한 욕구가 나를 상하게 합니다. 따라서 사소한 자극에도 불안, 화, 분노의 감정을 경험하게 되고 해소되지 못하는 부정적 감정들은 우울로 귀결되곤 합니다.

왜 알아주지 않는 거지?

입사한 지 얼마 되지 않은 신입사원이 열심히 회사의 잡다한 업무들을 처리하면서 즐겁게 일하고 있었습니다. 그런데 약 6개월이 지난 시점부터는 본인의 고유 업무가 생겼음에도 초반에 했던 잡다한 업무 또한 열심히 하는데 다른 사람들이 알아주지 않아 실망감을 느끼고 점점 지치게 되었습니다. 아무리 자기만족으로 하는 일이라고 해도 누가 알아주길 바라면서 하는 일은 항상 유효기간이 있기에, 누가 알아주지 않으면 힘이 빠지게 되는 것은 만고의 진리입니다. 그러니 누가 알아주지 않더라도 뒤에서 묵묵히 봉사활동을 하시는 분들은 매우 훌륭하고 존경스러운 분들입니다. 그러나 그것이 기본값은 아닙니다. '몰라줘도 괜찮아'라고 생각하면서도 마음 한편에서는 남들이 알아줬으면 하는 기대를 하는 것이 일반적이고 자연스러운 일입니다. 그렇기 때문에 남들이 알아주지 않는 일은 누군가의 자발성에 기대하기 어렵고 업무의 불균형은 때때로 갈등적인 요소로 작용할 수도 있기에 대개 이러한 역할은 '이번 주의 청소 당번'같이 돌아가면서 하게 됩니다.

과도한 자기애적 상태, 어려서부터 경험한 소위 애정결핍과 공허함에 기인해 항상 누군가의 인정을 갈구하는 것이 아니라면 다른 사람들에게 긍정적 관심을 원하는 욕구는 보편타당한 기본적 욕구라고 볼 수 있습니다.

이게 뭐라고 긴장되는 거지?

예능 방송을 보다 보면 어떤 미션에 임하는 연예인들이 "이게 뭐라고 긴장이 되는 거지?"라는 표현을 하는 것을 간혹 볼 수 있습니다. 좀 과한 수준의 일반적 승부욕에 대한 표현일 수도 있고 방송의 재미를 위한 의도적 장치일 수도 있지만 그 표현 속에는 평가에 대한 왜곡된 잠재의식이 내재되어 있다고 볼 수 있습니다.

시험을 보고 면접 등을 경험하면서 대부분의 성인들은 공식적인 평가를 받은 경험이 있습니다. 평가는 기본적으로 긴장감이 동반되는 일이기에 아주 편안한 마음으로 평가에 임하는 사람은 아마 거의 없다고 생각합니다. 결과에 대해 걱정을 하며 떨면서 긴장하기 마련입니다. 평가의 속성은 그렇게 누군가를 긴장하게 합니다.

그런데 다른 사람들이 일상생활에서의 내 모습을 보고 하는 생각들을 과연 평가라고 할 수 있을까요? 어떤 형식이건 간에 그 행위에 평가라는 수식어를 붙이기 위해선 몇 가지 조건이 필요합니다. 정보의 충분함, 객관성, 타당성, 측정 가능성, 그리고 정확성 등과 같은 것들입니다. 그런데 아무리 구체적이고 객관적으로 하려고 해도 어떤 사람이나 조직을 본질 그대로 평가할 순 없으며 그것이 현존하는 평가 시스템의 한계입니다. 그럼에도 불구하고 우리는 다른 사람들이 (감히) 나를 평가할 수 있다고 생각합니다. 기껏해야 그것은 다른 사람들이 나에 대해 가지고 있는 '의견'에 불과한데 말입니다. 아니 대부분은 의견의 수준에도 못 미치는 '인상 또는 느낌'일 것입니다. 다른 사람들이 나에 대해 가지고 있는 의견이나 느낌은 나의 부분적인 모습에 대한 '주관적인 생각'입니다. 의견이나 느낌은 개인의 주관적 경험으로부터 많은 영향을 받습니다. 잘 알지 못하지만 괜히 싫은 사람이 있고 그냥 보기만 해도 좋은 사람이 있습니다. 여러분도 사람들을 볼 때 그렇지 않습니까? 이렇듯 의견과 느낌의 주관성은 평가가 지향하고 있는 '구체성과 객관성'이라는 특성과 매우 다릅니다. 그렇기 때문에 다른 사람들의 평가가 신경 쓰인다는 것은 그 자체로는 말이 되지만 사실은 평가의 상황이 아니기에 '그런 식으로' 신경 쓸 필요가 없는 것이 됩니다.

'그런 식으로'라는 것은 수직적인 관계를 말합니다. 시험이건 면접이건 나는 평가자와 수평적인 관계에 있지 않습니다. 평가자는 평가를 하고 나는 평가를 당하는 것입니다. 굳이 평가의 상황이 아닌데 상대를 내 위쪽에 위치하게 둘 필요가 있을까요? 그럴 상황이 아닌데 굳이 상대에게 나를 평가할 수 있는 권한을 부여할 필요가 있을까요? "다른 사람의 평가가 두려워요"라는 말은 상대에게 권한을 부여하는 것입니다. 왜냐하면 평가라는 단어를 사용하고 있기 때문입니다. 엄밀히는 '다른 사람들에게 잘 보이고 싶어', '사람들이 나에게 호감을 가졌으면 좋겠어', '사람들이 나를 싫어하지 않았으면 좋겠는데…'라는 표현일 것입니다. 이런 생각들 역시 우리를 긴장하게 만들지만 평가를 당하는 것과는 차원이 다른 긴장입니다. 스스로의 일상을 팽팽한 고무줄처럼 만들 필요는 없습니다. 팽팽한 고무줄은 조금만 건드려도 끊어질 수 있습니다. 반면 느슨한 고무줄을 끊기 위해서는 열심히 칼질이나 가위질을 해야 합니다. 이는 스트레스에 훨씬 유연하게 대처하고 버틸 수 있다는 이야기입니다.

누구나 평가를 당할 수 있지만 평가를 할 때에는 평가받는 사람의 동의가 있어야 하고 공식적이고 정해진 규칙에 따라 이루어져야 합니다. 누구나 평가를 받을 때는 긴장되고 평가에서 낙오가 되면 실망과 좌절감을 느끼게 됩니다. 하지만 그것은 나를 되돌아보는 계기를 만들어주고, 내가 어떤 문제를 틀렸는지 점검하게 하며 궁극적으로 더 성장할 수 있게 하는 거름으로 작용합니다.

물론 상대의 의견이 중요하지 않다는 것이 아닙니다. 수평적이고 동등한 관계에서의 의견은 그 자체로 중요한 의미를 가지고 있습니다. 하지만 의견은 그냥 의견의 형태로 놔두어야 합니다. 옳을 수도 있고, 틀릴 수도 있는 매우 주관적인 생각이기 때문입니다. 의견을 굳이 평가로 둔갑시킬 필요는 없다는 것입니다.

자기개방의 허와 실

어떤 사람이 마음에 들어서 의미 있는 관계가 되었으면 좋겠다는 희망을 품고 교제를 시작할 때 자신의 약점을 미리 이야기하는 사람들이 있습니다. 그것은 마치 시작을 하면서 끝을 생각하는 것과 같습니다. 앞에서 'Safety Feeling'에 대한 이야기를 한 적이 있습니다. 자신의 약점까지도 상대가 이해하고 받아들일 수 있어야 비로소 안전함을 느끼고 관계를 시작할 수 있다고 생각하는 것입니다. 미리 이야기하지 않으면 나중에 상대가 그 사실을 알게 되었을 때 버림받을 수 있다는 두려움 때문입니다.

자신이 정신과 치료를 받고 있다고 주변 사람에게 이야기했더니 전과는 다른 반응을 보이는 것 같은 느낌에 힘들어 하는 청년이 있었습니다. 사실 우리는 일시적 또는 만성적인 여러 질병으로 인해 누구나 병원에 다니고 있습니다. 그런데 그것이 어떤 문제이건 간에 서로가 충분히 가까워지기 전에, 굳이 이야기를 할 필요가 없는 상황임에도 불구하고 "내가 이러이러한 문제로 병원에서 치료를 받고 있어"라는 이야기를 하는 것은 일반적이지 않습니다. 그럼에도 불구하고 왜 이야기를 할까요? 특히 우울과 같은 정신적 어려움에 대해서 말입니다. 자신의 약점까지 다 이해하고 받아들이지 못할 사람하고는 아예 관계를 시작하지 않겠다는 마음과 약점까지 포함해 온전히 자신을 이해해줄 것이라는 확신이 있는 사람하고만 본격적인 관계를 시작하고자 하는 의식적 또는 무의식적 바람 때문입니다. 또한 버림받는 것에 대한 공포가 잠재의식에 내재되어 있는 것입니다. 그런데 그럴 필요가 없습니다. 지금 이 글을 쓰고 있는 저도 남들에게 이야기하지 않는 비밀스러운 것들이 있습니다만 굳이 이야기할 필요가 없습니다. 이는 감추는 것과는 다릅니다.

진짜 가까운 사람들과만 공유하는 사적인 것들은 누구에게나 있기 마련입니다. 그런 것들을 초반에 오픈하는 것은 어떻게 보면 상대방에게 심리적 부담을 강요하는 것입니다. 상대방은 보이는 그대로 나를 알아나가고 싶은데 나 혼자 진도를 앞서 나가서는 '난 이런 아픈 게 있어. 이것까지 네가 지금 이해를 해줘야 해'라고 부담을 지워주는 것입니다. 상대방은 내가 싫어서라기보다 누구나 부담스러운 감정은 피하고 싶기 마련이기에 경직될 수 있습니다. 내 진면모를 자연스럽게 알아갈 수 있도록 내버려 두지 않는다면 나중에 '아, 그래서 그런 거였구나. 이 친구는 어떤 내적인 어려움을 갖고 있구나. 그럼에도 아주 괜찮은 사람이구나'라고 이해하고 받아들일 수 있는 기회를 내가 뺏어버리는 것이 됩니다. 그래서 저는 일반적으로 관계 초반에서 자기개방은 꼭 해야 할 상황이 아니라면, 상대를 속이게 되는 상황이 아니라면 굳이 하지 말라고 조언을 합니다.

내재화된 편견은 조현병과 같은 중증정신질환에서 극대화되어 나타납니다. 조현병으로 치료를 받고 있지만 기능회복이 완전히 되지 않은 분들을 정신장애인이라고 합니다. 특정인 자체를 장애인으로 규정하는 것보다는 장애를 가지고 있는 사람People with Mental Disability으로 보는 것이 더 타당합니다. 이분들을 위한 정부 차원의 취업 지원 프로그램들이 있지만 충분하지 않아 취업에 애로사항을 종종 겪게 됩니다. 어렵게 취업 면접에 임하는 이들 중 종종 면접에서 자신이 정신장애를 가지고 있다고 밝히는 경우가 있습니다. 굳이 면접관이 묻지 않았는데도 말입니다. 이는 '어설픈 당당함'이라고 볼 수 있습니다. 개인적으로 진정한 당당함은 굳이 말하지 않아도 되는 상황에서는 말하지 않는 것이라고 생각합니다.

누군가를 이해하는 것 = 퍼즐 조각을 맞추는 것

우리가 누군가를 알아가는 것, 누군가 나에 대해 알아가는 것은 퍼즐 맞추기와 같습니다. 그런데 퍼즐 맞추기에는 가이드 그림이 있습니다. 완성되었을 때의 그림을 참고해 여러 퍼즐 조각들을 맞춰나가게 됩니다. 그런데 우리가 세상을 살면서 접하게 되는 많은 사람들과는 이런 완성된 그림 없이, 서로에 대한 모습을 상상하면서 조각조각 접하는 정보와 인상을 가지고 퍼즐을 맞춰나가게 됩니다. 그러다 보니 조각을 잘못 맞추는 경우들이 종종 발생하게 되면서 오해가 생기고 갈등도 발생합니다. 사람들이 나를 어떻게 생각할지에 대한 두려움은 따지고 보면 사람들이 내 퍼즐을 어떻게 만들고 있을까, 나를 어떻게 그려나가고 있을까에 대한 두려움이라고 볼 수 있습니다. 내가 보여주고 싶은 조각은 따로 있는데 사람들이 내가 가지고 있는 여러 조각들 중에서 별로인 것들, 유별날 것이 없는 조각들만 보고 있을지 모른다는 걱정을 합니다. 어떤 조각 자체로는 별것 없어 보인다 하더라도 그 조각들까지 다 맞춰져야 '나'라는 완전체가 그려지는 것인데 남들이 내 전체를 보지 않고 별로인 조각만 뚫어지게 보면서 나를 미루어 짐작해 판단하지 않을지를 걱정하는 것이죠.

입장을 바꿔 생각해 볼 필요가 있습니다. 나 자신은 다른 사람들을 어떻게 바라보고 있는지, 나도 마찬가지로 극히 일부의 퍼즐 조각만 보고 그 사람을 다 그렸다고 생각하고 있지는 않는지를 생각해보세요. 그런다면 어떤 사람의 첫인상은 별로였지만 점점 알아가면서 좋은 사람이었음을 알게 되는 경험을 하게 됩니다. 이러한 경험을 많이 한 사람들은 초반의 인상으로 사람을 단정짓지 않습니다. 따라서 주변의 다양한 사람들을 일부의 퍼즐 조각만 보고 내친다면 나의 사회적 관계망을 스스로 좁히는 결과를 초래하게 됩니다.

생각난 김에 퍼즐 맞추기 한번 해보는 것은 어떨까요?

Dialogue for Depression

Category	*Anger*	**No.**	*019*

가족하고 있으면 자꾸 짜증과 화가 나요

철학자 쇼펜하우어는 인간을 고슴도치에 비유합니다. 고슴도치는 가시를 가지고 있기 때문에 서로 가까이 있게 되면 상대의 가시에 찔리거나 상대를 찌를 수도 있습니다. 인간관계에서 가장 가까운 사이는 예외적인 상황도 있을 수 있지만 대개는 가족입니다. 힘들 때 가장 힘이 되어주기도 하고 기쁠 때 누구보다 기뻐해주는 사람이 가족이지만 어떨 때는 나를 가장 힘들게 하는 존재가 되기도 합니다. 사회적 관계에서도 적절한 관계의 거리를 유지하는 것이 중요하듯이 가족 간에도 마찬가지입니다. 가족관계에서 여과 없이 표현되는 날 것의 감정들은 다른 관계에서 오는 상처보다 더 깊은 상처를 주기도 합니다. 빛이 강하면 그림자가 짙듯이 신뢰와 사랑이라는 미명 아래 가족끼리 벌어지는 갈등은 다른 사람들과의 갈등보다 한층 더 무겁게 우리를 짓누르게 될 수 있습니다.

사랑하지만 좋아하지 않을 수 있다?

영화 <레이디 버드>에서는 시골 고향을 떠나 뉴욕으로 공부하러 가길 원하는 딸과 현실적인 문제로 집에 머무르길 원하는 엄마가 나옵니다. 서로 간에 상처주기를 반복하다가 딸은 결국 뉴욕으로 떠나게 되고 그런 딸을 애써 외면하다가 뒤늦게 공항에 달려가면서 흐느끼는 엄마의 모습을 그리고 있습니다. 그렇다면 이 모녀는 서로를 사랑하지 않은 것일까요?

부모로부터의 분리와 독립은 청소년기와 청년기의 대표적 발달 과업입니다. 결혼하거나 유학을 선택하는 이유 중 하나도 '사랑하는' 가족으로부터 분리되길 원하는 의식적, 무의식적 욕구에 기인한다고도 볼 수 있습니다.

사랑하지만 좋아하지 않을 수 있는 상황은 부모와 자녀 간의 관계에서 가장 대표적으로 나타납니다. 좋아함은 같은 공간에 함께 있음을 원하고 추구하는 행동으로 표현되는데, (대개는) 가족이 가장 소중하고 누구보다 사랑하는 대상이지만 그 안에서 지지고 볶는 것이 싫어지기도 하고 다른 누군가와 함께 하는 것이 더 좋아질 수도 있습니다.

모든 장미는 가시를 가지고 있다

사랑하지만 좋아하지 않게 되는 대표적인 이유는 말로 인한 상처를 주고받기 때문입니다. 아름다운 장미에 가시가 돋쳐 있듯이 사랑하는 관계에서 오고 가는 언어에도 가시가 박혀 있습니다. 사랑하는 이에게 항상 사랑스러운 말을 하는 게 아니라 오히려 더 아프고 쓰린 말을 하곤 합니다. 입에 쓴 것이 약이 되듯 아프고 쓰린 말은 사람들을 성장하게 하지만, 경우에 따라 그것은 상처를 입게 하고 덧나게 하기도 합니다. 가시는 상대방이 처한 상황에 대해 안타까운 마음이 들어 생겨납니다. 가족이 아니라면 좀 더 부드럽게 이야기할 수 있지만 가족이기에 더 안타까워 본래의 의도와 어긋나는 가시 돋친 말을 하게 되는 것입니다. 사랑에 대한 믿음으로 '알아서 이해하겠지'라고 생각하고, 또 실제로 대개는 알아서 가시를 제거하기도 하지만 그렇지 못한 경우가 생길 수도 있습니다. 우리 시대의 많은 청소년, 청년들이 감정적으로 어려움이 있을 때 정작 가족에게 도움을 요청하지 않는 이유 역시 가시에 찔리기 싫어서가 아닐까라고 생각합니다.

결국 주고 싶은 것은 꽃입니다. 그러나 "네가 좀 더 잘 지내길 바래, 그러기 위해서는 이렇게 저렇게 할 수 있으면 좋겠어"라는 꽃의 메시지가 "그렇게 멘탈이 약해서 어디에 쓰겠니"라는 가시 돋친 말로 둔갑해 전달되면 받는 사람은 꽃이 아니라 가시 덩어리를 받게 되는 것입니다. 뭔가 꽃 비슷한 것이 보이는 것 같기는 하지만 가시에 찔린 고통만 기억에 남습니다. 가시를 제거하는 방법은 무엇이 있을까요?

우선 'I message'를 사용하는 것입니다. 대부분 지적할 때 사용하는 방식은 'You message'입니다. "너는 왜 그렇게 말을 안 듣니?"라고 말입니다. 가시를 제거하게 되면 "네가 그렇게 행동을 하면 내가 속상하다"가 됩니다. 긍정적인 반응을 보일 때도 마찬가지입니다. 'I message'를 사용하게 되면 자연스럽게 상대에 대한 지적이 아니라 상대의 행동에 대한 지적으로 바꿀 수 있게 됩니다. 문제는 그 사람이 한 행동이지 그 사람 자체가 아닙니다. 앞서도 이야기했지만 타인이건 자기 자신이건 간에 사람 자체에 대해서 어떤 식으로든 규정을 하는 것은 매우 큰 독성을 띨 수 있습니다.

앞에서 이야기했던 말하기의 규칙을 지키는 것, 질문의 형태로 꾸짖거나 나무라지 않는 것 등도 훌륭한 가시 제거 방법이 될 수 있습니다.

다음으로 유용한 가시 제거 방법은 항우울제입니다. 누

구든지 스트레스 상황에 오래 처하게 되면 정도의 차이는 있겠지만 우울한 상태가 될 수 있습니다. 일상이기 때문에 미처 내가 우울한 것인지 인지하지 못하는 경우도 많습니다. 스트레스가 분명하기 때문에 당연한 반응인 것으로 치부하고 넘기기도 합니다. 그러나 그 당연한 반응이 예민함을 불러오고 그 예민함이 상대에게 여과없이 전달되면 상대는 가시에 찔리는 고통을 경험하게 됩니다. 처방을 위해서는 전문적 평가가 필요합니다만 필요한 경우에는 돋쳐있는 가시를 제거하기 위해 항우울제를 사용하는 것도 현명한 방법입니다. 예를 들어 자녀가 ADHD 문제를 가지고 있을 때 부모, 특히 어머니는 우울감을 경험하는 빈도가 높아지는데 그 우울감으로 인한 가시 돋친 반응은 자녀의 문제행동을 더 키우게 됩니다. 이런 경우 자녀에 대한 치료와 함께 부모의 감정 문제를 개선하는 것이 악순환을 끊는 중요한 전환점이 될 수 있습니다.

무관심의 힘

심리치료의 주요 기법으로 소개되는 마음챙김의 주요 개념은 탈중심화, 즉 나와 나를 둘러싼 세상에서 벗어나 객관적으로 나를 바라보는 것, 무비판적 알아차림, 내려놓음 그리고 지금 이 순간에 집중하는 것입니다. 복잡한 세상살이, 걱정, 근심, 스트레스에 휩싸여 내 마음이 온통 꽉 차있는 'Mind Full'의 상태에서 벗어나기 위해서는 이 상태에 대한 'Mindful명상하는'의 개념이 필요하다는 것입니다. 《손자병법》에 이러한 말이 있습니다. "적과 싸울 때 장수는 군사들 한가운데 있기보다는 조금 떨어진 곳에 있어야 한다. 그래야 전체적인 형세를 제대로 파악할 수 있기 때문이다." 마음챙김의 이론을 대입해보면, 결국 탈중심화하지 못하고 그 가운데 있어서 감정에 휩싸이게 되면 그것이 분노이건 강렬한 열망이건 간에 숲은 보지 못하고 나무만 보게 되어 결국 일을 그르치게 됩니다.

자녀와의 갈등으로 힘들어하는 부모에게 항상 권고하는

말이 있습니다. "남의 집 아이 대하듯이 하세요." 대개 이 말을 들은 부모들은 잘 이해가 안 된다는 표정을 짓곤 합니다. 예를 들어 주의력결핍장애를 앓고 있는 자녀를 둔 부모가 한 2~3년 지나게 되면 이론적으로는 전문가 뺨 칠 정도의 지식을 가지게 되는 경우가 흔합니다. 하지만 이론은 아무 소용이 없습니다. 자녀의 행동을 보면 감정적으로 반응하게 되어, 교과서에 나온 것과 정반대로 행동하게 되는 경우도 태반입니다. 혹여 언어적으로는 교과서대로 할 수 있더라도 표정과 같은 비언어적 표현을 통해 부정적 감정이 드러납니다. 왜 알지만 실천할 수 없을까요? 그 이유는 자기 자식이기 때문입니다. 누구보다 자녀를 사랑하고 빨리 회복되기를 바라지만 안타까운 감정이 앞서기 때문에 배운 대로 실천하지 못하는 것입니다. 또한 자녀가 바람직하다고 생각되는 행동을 했을 때에는 '그냥 그런가보다' 하고 넘어가고 잘못된 행동을 했을 때에는 감정적으로 반응하며 나무랍니다. 이렇듯 부모와 자녀 간의 관계에서 자녀들에게 제일 바람직하지 못한 방향은 부모의 이러한 부정적 관심에 길들여지는 것입니다.

칭찬받지 못하는 아이는 관심을 얻기 위해 꾸중이라도 들어야 합니다. 그것이 본능이기 때문입니다. 상대에게 상처를 주지 않으면서 바람직한 행동으로 교정하기 위해서는 잘못한 행동에는 반응하지 않고 잘한 행동은 매우 칭찬해야 합니다. 이러한 것을 '선택적 무관심'이라고 부르며 이는 매우 강력한 행동교정의 효과가 있습니다.

'선택적 무관심'은 우리가 하는 일과 관계에도 적용될 수 있습니다. 일과 관계에 열정을 갖는 것은 매우 중요하지만 가끔 우리는 '내가 옳은데 왜 내가 하는 일과 방식을 인정하지 않나'라는 생각을 하게 되는 경우가 있습니다. 깊은 분노감에 빠지게 될 수 있으며 모순적 상황에 빠져 혼란스러울 때도 있습니다. 이러한 상황에서도 결국 우리에게 필요한 건 한 걸음 물러서는 것입니다. 한발 벗어나서 상황을 관찰한다면 문제의 유형과 관계, 상호 연관성 등을 파악할 수 있게 됩니다. 가끔은 일과 관계를 '무관심하게' 쳐다보는 연습을 해보세요.

정신건강의학은 독립을 지지하는 학문입니다

40세에 접어든 딸이 결혼 상대자로 소개한 남자가 마음에 안 든다면서 강력히 반대하는 어머니가 있습니다. 자신의 기준을 충족하지 못한다는 것이죠. 몇 차례 상담을 해보았지만 도저히 모녀간의 평행선을 좁히기 어렵다고 판단하고는 이렇게 이야기를 했습니다. "독립을 추구하는 힘과 통제하려는 힘이 서로 부딪힐 때 정신건강의학과 의사는 독립을 지지합니다. 심리적 성장이란 결국 독립에 기반하기 때문입니다."

부모와 자녀 관계는 모든 사람들이 공통적으로 가지고 있고, 가질 수밖에 없는 내적 갈등의 원천이 될 수 있습니다. 실제로 진료실에 오는 사람들이 가장 많이 화를 내는 대상은 가까운 가족이고 동시에 가족들로부터 가장 많이 욕을 듣기도 합니다. 이것 때문에 우울, 불안과 같은 신경증 증상들이 악화되거나 우울, 불안으로 인해 가족 간 갈등이 심화됩니다. 어느 지점부터는 무엇이 먼저인지 구분이 안 되기도 합니다.

어떤 것도 스스로 할 수 없는 어린 시절에는 부모로부터 전적인 영향을 받을 수밖에 없습니다. 스스로 결정하는 것도 어렵고, 스스로의 안전을 담보할 수도 없으며 부모가 케어를 해주지 않는다면 정상적으로 성장할 수 없기 때문입니다. 이러한 시기를 지나고 맞는 청소년기는 첫 번째로 맞이하게 되는 독립의 시점입니다. 따라서 청소년기에 부모로부터 독립을 하고자 하는 욕구가 생기는 것은 보편적인 현상입니다. '부모의 삶은 부모의 삶이고, 내 삶은 내 삶이니 내가 원하는 대로 삶을 살아나가고 싶다'는 생각을 안 해본 사람은 없을 것입니다. 현재 부모의 위치에 있는 사람들 역시 돌이켜 보면 마찬가지입니다. 성인이 되어 취업을 하고 경제적인 독립을 해나가다 배우자를 만나서 결혼을 하고 자녀를 가지게 됩니다. 부모가 되고 중년의 나이로 접어들면서 경제적 안정을 얻게 된다는 것이 진정한 독립을 이뤘다는 의미로 볼 수가 있을까요? 그럴 수도, 아닐 수도 있습니다.

정신분석학자 칼 구스타브 융Carl Gustav Jung은 '중간항로'

라는 개념을 설명합니다. 사춘기를 통해 1차 성인기를 획득한다면 중년기에는 중간항로를 거치면서 2차 성인기를 거쳐 진정한 어른으로서 성장할 수 있다는 이야기입니다. 중간항로에는 네 가지 과제가 있는데 첫 번째가 '부모 콤플렉스'로부터 벗어나는 것이라고 합니다. 부모가 나한테 따뜻하게 대해주건 냉담하게 대하건, 지지적이건 아니건, 어떤 경우에는 심지어 가학적이건 간에 부모가 주는 심리적인 울타리에서 벗어날 수 있는 것, 그것이 가능해져야 비로소 진정한 2차 성인기를 관통해 진정한 성인이 될 수 있다는 것입니다. 사실 많은 사람들은 죽을 때까지도 이 과제를 해결하지 못하는 경우들이 많습니다. 두 번째는 배우자인데, 나와 결혼한 배우자가 내가 충족하지 못한 욕구를 대리 충족시켜줄 수 없고, 또 그러고 싶은 생각도 없다는 것을 받아들이는 것이 중요합니다. 중간항로의 개념을 빌리자면 내 영혼의 반쪽이라는 것은 없다는 것이죠. 각자가 독수리 같은 완전체가 되어 스스로와 상대방의 성장을 이루고 지원해주는 것이 니체의 결혼관이기도 합니다만, 융도 마찬가지 관점을 제시합니다.

세 번째는 부모로부터의 독립이 진정한 성인의 중요 과제인 것처럼 내 자녀 역시 스스로의 삶을 결정하고 판단하며 살아갈 수 있는 권리가 있다는 것을 받아들여야 합니다. 만약 이를 받아들이지 못한다면 역시 진정한 성인이라 볼 수가 없다는 것입니다.

마지막 하나는 커리어입니다. 누구나 자기만의 일을 할 터인데 그 안에서 본인이 성취감을 가질 수 있는 어떤 것들을 만들고 해나가는 능력, 그리고 무엇보다 스스로 충분히 괜찮은 사람으로 인정하는 것이 필요하다는 것입니다. 프로이트가 일과 사랑(관계)을 잘 해나가는 것이 정신적으로 건강하다는 증거라고 했는데, 융의 관점 역시 관계를 좀 더 세분화해서 보았을 뿐 개념적으로 크게 다르지 않습니다.

자녀의 입장에서는 부모가 점차 노쇠해져 가면서 '절대적으로' 행사하던 힘이 점차 나에게 넘어오고 있다고 느끼게 됩니다. 그럼에도 불구하고 자녀 세대의 의사결정에 대해 부모가 여전히 강력한 영향을 미치고 있다면 그것은 자녀가 진정한 성인이 되지 못했다는 것을 의미하며 동시에 여전히 자녀를 통제할 수 있고, 통제해야 한다고 여기는 부모 역시 진성한 어른은 아닌 것입니다. 효를 중시하는 우리 고유의 문화가 있지만 부모의 가치관이 여과 없이 자녀세대에 요구되는 것은 꼭 옳다고 보기 어렵습니다. 고부 갈등이 대표적인 사례입니다. 어찌 생각하면 배우자는 아들 또는 딸이 부모로부터 독립하는 것을 돕는 지원군입니다. 다른 문화에서 성장한 누군가가 나의 가족 문화에 들어와서 변화를 추구할 수 있게 해주는 것이죠. 비단 부모와 자녀관계뿐 아니라 형제관계에서도 마찬가지입니다. 형이나 누나, 또는 언니라고 해서 어린 동생의 삶에 이래라저래라 관여하는 것은 바람직하지 않습니다. 내 삶이 내가 독립적으로 운영해야 하는 나의 책임 아래 놓인 과제인 것처럼 동생도 마찬가지입니다. 그것을 인정하지 못하고 자신의 가치관을 주입하려 한다면 그것은 내가 진정한 성인이 아니라는 것을 드러내는 것입니다.

쾌락주의 철학자들이 이야기하는 행복의 3대 조건 중 하나가 자유입니다. 경제적인 그리고 물리적인 독립뿐 아니라 심리적으로 충분히 자유로워질 때 그 사람은 성인으로서 삶을 행복하게 살아나갈 수 있는 기본 조건이 성립될 수 있습니다. 자유와 항상 같이 다니는 책임감이라는 친구가 있습니다. 둘 간의 균형을 잡기란 결코 쉽지 않고 각자의 관점에 따라 평행선이 좁혀지지 않는 경우도 종종 발생합니다. 하지만 궁극적으로는 스스로가 져야 하는 책임감을 자유롭게 수행할 수 있게 될 때 진정한 어른이 될 수 있을 것입니다.

Dialogue for Depression

Category	*Anger*	No.	*020*

사람에게 집착이 심한 것 같아요

최선을 다해 사랑했더라도 사람은 떠나갈 수 있습니다. 떠나보내지 않기 위해 무리해서 잡으려 하면 서로 상처를 입을 수 있습니다. 마치 저쪽을 향해가는 그네를 억지로 세우려다가 그네에 탄 사람이 떨어질 수 있는 것과 마찬가지입니다. 떨어지게 되면 다시 되돌리기 어렵습니다. 하지만 그네의 속성은 돌아온다는 것입니다. 내가 진정성을 가지고 상대를 대했다면 그네에 탄 상대는 돌아올 것입니다.

이별 공식

무려 27년 전인 1995년 남성 그룹 R.ef는 남녀 간의 사랑과 이별에 공식이 있다는 주제의 <이별 공식> 노래를 발표한 바 있습니다. 대중문화에서 보여주는 이별 공식이 있다면 심리적인 측면에서의 공식도 존재합니다.

1단계 : 외로움과 공허함에 힘들어한다.

2단계 : 누군가 다가와 달콤함을 선사해 채워지는 느낌을 경험한다.

3단계 : 행복한 시간을 보내다가도 점차 그 사람이 떠나갈 것을 걱정하고 불안해한다.

4단계 : 관심과 사랑을 확인하기 위해 노력하며 원하는 반응이 없으면 초조해진다.

5단계 : 다가갈수록 멀어지는 느낌에 화가 나고

다투는 빈도가 증가한다.

6단계 : 버림받는 느낌이 싫어 이별을 선언하거나
더 집착하는 양극단의 반응이 나타난다.

7단계 : 결국 관계는 종료되고 이전보다 더 큰
외로움과 공허함이 찾아온다.

관계 중독

알코올, 마약 같은 물질 중독으로부터 시작된 중독성 질환은 최근 들어 도박, 게임, 쇼핑 등 행위 중독의 개념으로 확장되어가고 있으며 문헌을 찾아보면 1980년대부터 미국의 심리학자들이 '관계 중독'이라는 단어, 표현들을 사용하기 시작한 것을 알 수 있습니다. 유사한 개념으로 사랑 중독 또는 사람 중독이라는 표현도 있고 특정 행위와 관련해서는 성 중독이라는 하위분류도 있습니다.

일반적으로 무엇에 중독이 됐다고 하면 세 가지가 전제

되어야 합니다. 첫 번째 단계는 흥미가 생겨야 합니다. 해당 물질을 사용하거나 해당 행위를 함으로써 뭔가 좋은 기분을 느끼게 됩니다. 만약 해당 물질을 사용하거나 또는 행위를 했는데 불쾌한 기분이 든다면 중독의 첫 단계로 작용하지는 않습니다. 두 번째는 해당 물질이나 행위로 인한 좋음이 점차 시간이 지날수록 힘이 떨어지게 되는 현상, 즉 내성이 생깁니다. 내성이 극복되려면 '더 큰 자극'이 필요하게 됩니다. 술 한 잔으로도 기분이 좋던 것이 점차 그 양이 늘어나게 되고 마약 역시 좀 더 강한 것을 찾게 됩니다. 게임의 경우, 플레이하는 시간이 늘어나게 되고 도박의 경우, 배팅하는 액수가 점차 증가하고 쇼핑의 경우, 더 비싼 물건을 아무렇지 않게 구매하게 되곤 합니다. 자극의 강도가 증가하지 않고는 처음 느꼈던 그 좋은 기분과 흥미로움이 얻어지지 않기 때문에 점차 강도와 빈도가 증가하는 것이 내성의 단계입니다. 그리고 마지막으로는 금단 증상이 생기게 됩니다. 술이나 마약을 오랫동안 사용하다 중단하게 되면 생리적인 금단 증상이 생기게 되는데 손이 떨린다거나 식은땀이 난다거나 심지어는 의식이 혼탁해지며 헛것이 보이고, 헛소리를 하는 심망 증상이 생기기도 합니다. 심리적인 금단 증상도 있습니다. '술 마시고 싶다', '게임하고 싶다', '도박장 가야 되는데' 등 중독된 물질이나 행위에 대한 생각에 몰입하게 되고 이는 곧 행동으로 나타나 결과적으로 삶의 주객이 바뀌게 됩니다. 내가 여러 가지 행위를 하고 어떤 물질을 섭취하는 것이 단지 삶을 윤택하고 재미있게 하기 위함이 아니라 중독된 행위 또는 물질이 삶의 중심에 들어서게 되어 경제적 활동 외의 나의 모든 행위의 이유가 중독된 물질이나 행위를 하기 위해서라면 이는 중독된 상태입니다. 추가적인 체크 포인트가 하나 더 있는데, '그 해당 물질이나 행위를 하기 위해서 거짓말을 한 적이 있는가?'라는 질문에 '그렇다'고 대답한다면 확실히 중독된 상태라고 볼 수 있습니다.

관계 중독도 같은 개념으로 살펴보겠습니다. 많은 사람들이 술을 마시지만 모두 중독되는 것이 아니듯, 애정과 사랑이라는 감정에 모두가 중독되어 집착하는 것은 아닙니다. 일반적으로 성장 과정에서 결핍이 있는 경우 사람과 사랑에 대해 집착하는 경우가 더 자주 나타나며 관심과 사랑의 강도가 계속 커지지 않으면 만족하지 못하는 내성이 생기게 됩니다. 사랑을 받고 있다는 느낌이 계속 유지되기 위해서는 점차 더 큰 사랑을 원하게 되는데 사람이란 무한대로 사랑을 베풀기 어렵기 때문에 집착하는 상대를 계속 만족시키는 것은 불가능합니다. '내게서 마음이 떠났나?', '다른 사람을 만나고 있는 것은 아닌가?'라는 의심과 함께 관계가 멀어지고 있다는 생각에만 몰입해 연락을 기다리며 휴대폰만 쳐다보고 왜 회신을 안 하는지 골몰하다가 초조해지고 화가 나기도 합니다. 여기에 즉각적인 반응을 가능케 하는 스마트폰 문화나 SNS의 발달은 관계 중독에 치명적인 요소로 작용합니다.

또한 상대가 나를 버리고 다른 사람에게로 가는 것에 집착하면서 본인 역시 다른 애정관계를 찾게 되는 모순적 상황도 생기는데, 이 역시 상대에게서 받는 애정과 관심이 부족하다고 느끼면서 비롯된 금단 현상 때문입니다.

사랑받기 위해 존중받는 것을 포기하지 말아야

사랑의 관계는 동등해야 합니다. 그런데 상대가 떠나가지 않게 하기 위해 어느 순간 상대를 돌보는 상황으로 관계의 양상이 변화하기도 합니다. 어떤 사람으로부터 받는 사랑이라는 좋은 느낌, 이 느낌에 내성이 생겨 더 많은 사랑을 갈구하게 되면서 사랑을 받기 위해 그 사람을 돌보거나 챙기고, 어떨 때는 상대방으로부터 오는 무시나 학대 같은 것도 참아내야 하는 상황까지 내몰리기도 합니다. 혼자 남는 것에 대한 두려움이 그 사람으로부터 받는 고통보다 훨씬 더 크기 때문입니다.

물론 일방적으로 폭력의 희생양이 되는 경우도 있지만 데이트 폭력의 가해자와 피해자의 관계 중에서는 이러한 중독적 특성 역시 종종 볼 수 있습니다. 힘들지만 그 관계에 집착할 수밖에 없는 것, 가끔 전달되어 오는 달콤함 때문에 고통을 감내하면서 그 관계를 유지하는 것입니다. 이성적으로는 헤어져야 함을 알고 있지만 혼자 남겨지는 것에 대한 두려움에 압도되어 관계를 종결짓지 못합니다. 이는 사랑을 위해 존중을 포기하는 상황이지만 우리가 기억해야 할 점은 사랑보다 더 중요한 것은 존중이라는 것입니다. 어떤 관계에서 스트레스를 받고 있다면 스스로에게 질문을 던져보세요. "저 사람은 나를 존중하고 있나?" 이 질문에 'NO'라는 답이 떠오른다면 그 관계는 종결짓는 것이 맞습니다. 술과 마약이 쾌감을 선사하기도 하지만 결국은 우리 삶을 피폐하게 만들듯이 존중 없는 사랑의 감정 역시 그렇습니다.

증상을 우선적으로 해결하기

관계 중독에는 외로움과 공허함이 기저에 깔려있습니다. 의학적으로는 우울한 상태이기도 합니다. 우울은 거절 민감성을 키우게 되기에 버림받는 것에 대한 두려움이 더 커지기 마련입니다. 때문에 조금이라도 거리감을 느끼게 되면 사실 여부와 상관없이 굉장히 예민한 반응을 보이게 되는데 그 예민한 반응이 관계를 더 멀어지게 만듭니다. 이로 인해 더 강한 금단 증상이 생기게 되면서 더 강한 집착을 야기하게 되는 악순환의 고리에 빠지게 됩니다. 이후 자해나 자살 충동, 자살 시도 같은 현상까지 나타나게 됩니다. 우울, 불안, 불면, 폭식 증상으로 내원하는 사람 중 많은 경우 관계 중독적 양상을 보이는데 이럴 경우 원인에 대한 접근도 중요하지만 현재 힘들게 하는 증상을 먼저 개선하는 것이 필요합니다. 불안과 불면의 증상들은 약물 치료를 통해 상대적으로 쉽게 호전될 수 있으며 폭식 현상도 적절한 처방으로 개선될 수 있습니다.

원인이 해결되지 않았다고 증상마저 좋아지지 않는 것은 아닙니다. 열이 나는 원인이 무엇이건 간에 우선 열을 내려야 편해지는 것과 마찬가지로, 증상이 개선되거나 '개선될 수 있겠구나'라는 생각이 들어야 좀 더 객관적인 관점에서 근본적인 문제를 바라볼 수 있습니다. 난이도가 높은 본질적 문제로 바로 들어가다 보면 '해결되지 않겠구나'라는 좌절의 늪에서 빠져나오기 어렵습니다. 문제가 복잡할수록 해결 방법은 심플하게 할 수 있는 일부터 접근할 필요가 있습니다. 우울감과 불안함을 개선하는 것, 잠을 잘 자서 생리적인 안정감을 유지하는 것 등 신체적 컨디션을 제일 좋은 상태로 만들어 놓아야 문제를 좀 더 객관적으로 바라보고 판단할 수 있게 됩니다.

치료적 분리

알코올 중독의 문제를 객관적으로 바라볼 수 있을 정도로 뇌가 정상화될 때까지는 음주를 중단한 이후 약 3개월 정도의 시간이 필요하다는 과학적인 연구들이 있습니다. 술을 마시면서 자신의 술 문제를 객관적으로 파악하고 판단할 수 없다는 이야기입니다. 술이 깬 상태에서 '난 조절할 수 있어. 줄여나갈 수 있어'라고 생각하더라도 대개는 문제가 반복됩니다. 일정 기간 이상의 금주 기간이 있어야 뇌가 비로소 정상적인 판단기능을 갖출 수 있게 된다는 것입니다. 마찬가지로 관계에 있어서도 일정 기간 이상 관계를 분리시키는 것이 중요합니다. 이를 치료적 분리Therapeutic Separation라고 합니다. 술을 중단할 때 금단 증상으로 힘들지만 그 단계를 극복하는 것이 치료의 시작이듯, 관계 역시 홀로서기 이후 외로움에 힘들어지고 불안하고 우울해지더라도 그것을 극복해야 관계 중독에서 벗어날 수 있습니다. 혼자서는 힘들 수 있기 때문에 필요하다면 처방을 통해 증상을 조절하면서 치료자와의 안전한 관계를 유지해나가는 것이 중요합니다. 안전한 관계라는 것은 어떠한 경우에도 버림받지 않는 것을 말합니다. 버림받을 위험성이 없기 때문에 남의 감정에 집중하는 것이 아니라 좀 더 자유롭게 본인의 감정에 집중할 수 있습니다.

안전함을 담보로 해나가야 하는 다음 단계는 채움의 작업입니다. 증상은 소거시킬 수 있지만 공허함은 오로지 채울 수만 있습니다. 정신적인 독립은 결국 비움과 채움의 경쟁에서 채움이 승리하는 것을 말합니다. 비움이 큰 경우에는 누군가에게 또는 무엇인가에게 의존할 수밖에 없지만 채움이 커지게 되면 홀로서기를 할 수 있습니다. 따라서 내가 가지고 있는 그물망의 형질을 바꾸는 것이 필요합니다. 우울한 상태에서 나의 그물망은 긍정적인 것들은 다 흘려보내고 부정적인 것들만 걸러내는 특성이 있어 비움이 극대화된다면, 반대로 부정적인 것들은 흘려보내고 긍정적인 것들을 보관할 수 있는 그물망으로 바꾸어야 채움이 활성화될 것입니다. 그물망을 교체하는 데 있어서 역시 약물 치료가 도움이 되며 그 힘을 기반으로 관점을 바꾸어나가는 작업을 해나가야 합니다. 이를 통해 정말 좋은 것이 아니라면 모두 안 좋은 것으로 보는 관점에서 정말 나쁜 것이 아니라면 괜찮은 것으로 볼 수 있는 관점으로의 전환이 필요합니다. 사실 일상의 많은 부분은 좋고 나쁜 것을 판단하기 어려운 중립적인 것들로 이루어지는데 이 중립적인 것들을 부정적인 쪽으로 포함시킬지 긍정적인 쪽에 포함시킬지에 따라서 삶의 만족도는 큰 차이를 보이게 됩니다.

부상 선수는 회복이 우선입니다

투수가 부상을 당하면 평소의 경기력을 발휘할 수 없습

니다. 투구의 스피드는 감소하고 공의 움직임도 밋밋해져서 홈런이나 안타를 맞게 되는 거죠. 따라서 부상을 입었다면 치료를 받고 회복할 수 있는 시간을 가져야 합니다. 부상 상태에서 무리해 시합에 나서다가 경기를 망친 뒤, 그것이 본래 자신의 실력이라고 여기게 된다면 이는 나중에 부상에서 회복이 되었을 때에도 자신감이 떨어지게 되어 본연의 실력을 발휘하지 못하는 등 멘탈에 부정적 영향을 미치게 됩니다. 심리적 회복은 어쩌면 신체적 회복보다 더 많은 시간이 소요되기도 합니다.

연인과의 관계에서 상처를 입고 헤어진 사람들도 일종의 '부상 선수'와 같습니다. 상처가 다 치유되기 전에 새로운 이성과의 관계를 시작하다 보면 건강하고 대등한 입장에서 관계를 맺는 방법을 잊고, 지나치게 의존해 상대의 마음을 의심하며 관계를 그르치게 되는 경우가 종종 있습니다. 그렇기 때문에 헤어짐 이후에 생기는 새로운 호감은 한 번쯤 세심히 살펴볼 필요가 있습니다. '상처받았기 때문에 앞으로 연애는 하지 않을 거야'라는 극단적 태도를 취하라는 이야기는 아닙니다. 스스로를 대하는 태도가 충분히 정상 궤도에 올라왔는가를 점검할 필요가 있으며, 혹여 다른 누군가를 통해 정상 궤도에 오르고 싶은 것이라면 그것은 또 다른 실패를 가져올 가능성이 크다는 의미입니다. 외로움을 빨리 극복하고 싶고 낮아진 자존감을 빠른 시간 안에 회복시키려다 오히려 부상을 키우는 결과를 초래하는 것이죠. 선수들의 회복에도 단계가 있듯이 헤어짐으로 비롯되는 마음의 상처에서 회복되는 것에도 어쩔 수 없이 거쳐야 하는 단계가 있습니다. 그럼에도 우리는 사람인지라 다가오는 정에 쉽사리 반응하곤 합니다. 그래서 또다시 상처를 받았다면 그때는 스스로에게 이렇게 속삭여보세요. "잠시 잊고 있었는데 나는 부상 선수였어. 그래서 제대로 시합에 임하지 못했던 거야…."

III. 불안과 걱정

Dialogue for Depression

Category	*Anxiety*	**No.**	*021*

과거의 안 좋은 기억이 떠올라서 힘들어요

'과거는 곧 현재'입니다. 이것은 과거에 불충분하게 처리되었던 기억이 현재의 상황과 접목되면서 현재의 증상 발현에 영향을 준다는 개념입니다. 대개 안 좋은 경험을 했었더라도 인간의 기억과 정보 처리 시스템은 그 경험을 적응적으로 해결해 나가게 됩니다. 마치 일상적 수준의 자외선에 노출이 되었을 때 피부가 살짝 빨개지고 마는 것과 같습니다.

반면 태양 광선에 과도하게 노출이 된 경우에는 통증이 생기고 물집이 잡히면서 열이 동반되기도 하는데 이 중 일부의 경우, 광과민성 반응이 일어나 일상적 수준의 자외선에도 민감한 피부 반응을 보일 수 있습니다. 뇌 역시 마찬가지입니다. 스트레스를 많이 받았거나 뇌의 정보 처리 시스템이 취약해진 경우에는 불편하고 고통스러운 기억이 제대로 해소되지 못하고 다양한 정신 증상이 발현되기도 합니다.

비정상적 상황에 대한 정상적 반응

정신적 상처와 이로 인한 스트레스 반응은 내가 문제가 있어 생기는 것이 아니라 '비정상적 상황에 대한 정상적 반응'입니다. 누가 나를 칼로 찔렀다고 생각해봅시다. 누가 봐도 매우 비정상적 상황입니다. 그런데 피가 나고 살이 찢어지는 것은 정상적 반응입니다. 사람은 누구나 정신적 상처를 경험하게 됩니다. 어느 누구도 이로부터 자유로운 사람은 없으며 만약 있다고 한다면 그것은 현재까지 살아오면서

한 번도 피부에 상처를 입거나 다친 적이 없다고 말하는 것과 같습니다. 피부에 난 가벼운 상처는 소독약을 바르고 밴드를 붙여주면 금방 낫습니다. 우리의 몸이 가지고 있는 자연스러운 회복력 때문에 흉터도 거의 남지 않습니다. 그렇지만 수술을 하게 되면 수술자국이 남듯 상처가 큰 경우에는 흉터가 남게 되는데, 이는 정신적 상처의 경우에도 동일하게 적용됩니다. 어린 시절 꾸중을 듣고 혼난 뒤에 생긴 마음의 상처는 대부분 저절로 회복되어 마음에 영향을 끼치지 않습니다. 그러나 가슴에 못 박혀 생긴 마음의 상처는 치유되지 않고 쌓여 현재의 행동에 알게 모르게 영향을 주게 됩니다. 이처럼 현재에 영향을 주는 과거의 안 좋은 경험을 트라우마라고 하며 이는 현대 사회에서 누구나 아는 일상적 용어가 되었습니다.

정신적 상처가 아무리 정상적 반응이라고 해도 아프지 않은 것은 아닙니다. 비정상적 상황으로 인해 상처를 입고 피를 흘리는 사람은 사건의 관점으로 보면 피해자이지만 병원에 가게 되면 치료가 필요한 외상환자가 됩니다. 찢어진

부위를 봉합하고 연고를 바르고 항생제를 먹는 등의 치료를 받는다면 상처는 이제 흉터로 남게 됩니다. 흉디를 보고 있으면 기억은 할 수 있지만 더 이상 통증이 느껴지지는 않습니다. 정신적 상처도 마찬가지입니다. 기억은 나지만 현재에 고통을 유발하지는 않게 되는 것, 그것이 치료의 목표입니다.

호랑이 vs 고양이

나무가 잘 성장하기 위해서는 햇빛과 물, 좋은 영양소가 필요합니다. 그 외에 꼭 필요한 것은 거름입니다. 거름은 냄새가 나고 더러운 것이지만 나무의 성장에 필수적 요소이기도 합니다. 사람이 성장해 나가는 것도 마찬가지입니다. 칭찬과 성공의 경험으로 얻는 성취감 같은 것들이 햇빛과 물이라면 실패와 좌절의 경험은 거름이 됩니다. '아픈 만큼 성숙해진다'는 말처럼 정신적 상처는 인격적 성장에 도움을 줄 수 있으며 이러한 거름 없이는 성숙한 인격체로 성장하기 어렵습니다. 그렇기에 정신과 치료 현장에서는 비록 정신적으로 힘든 증상은 가지고 있지만 성숙한 인격을 갖춘 분들을 많이 만나게 됩니다.

그런데 문제는 썩어서 거름이 되지 못하고 검은 비닐봉지에 싸인 채로 냄새만 피우고 있을 때 입니다. 그 비닐봉지들은 평소 냄새만 살살 피우고 있다가 어떤 상황에 봉착하게 되면 본격적으로 악취를 풍기게 됩니다. 악취만 풍기고 성장에는 도움을 주지 않는 검은 비닐봉지, 즉 트라우마는 불안과 우울감을 유발하고 부정적 충동에 휩싸이기도 합니다. 나무 옆의 비닐봉지는 치워버릴 수 있지만 마음속 트라우마는 터트려서 거름으로 만드는 것 외에는 방법이 없습니다. 그 과정에서 마치 예전의 상황을 다시 경험하는 것 같은 두려움을 느낄 수도 있습니다. 그렇지만 지금은 아무것도 할 수 없고 나약하기만 한 어린 내가 아닙니다. 이성적 존재로서의 나는 이미 성장했지만 취약했던 어린 내가 경험한 트라우마를 마음 한편에 냄새를 풍기는 검은 비닐봉지의 형태로 가지고 있는 것일 뿐입니다. 성인이 돼서 어린 시절 살았던 동네에 가보신 적이 있나요? 넓다고 생각했던 동네가 사실은 매우 좁다는 느낌을 받은 적이 있을 것입니다. 마찬가지로 어린 나는 두려움을 소화하지 못했지만, 어른인 나는 이제 소화할 수 있습니다.

넷플릭스에서 방영되었던 <퀸스 갬빗>이라는 웹드라마가 있습니다. 하루아침에 고아가 된 소녀가 고아원 건물 관리인으로 일하는 할아버지와 지하실에서 체스 게임을 하며 숨겨져 있던 재능을 발견하고 세계적인 체스 플레이어로 성장해나가는 과정을 그린 드라마입니다. 천재 체스 소녀의 이야기를 기반으로 하고 있지만 그 소녀가 경험했던 상실의 트라우마를 극복해나가는 심리적 여정도 매우 의미있게 그려지고 있습니다. 드라마의 가장 마지막 에피소드는 이렇게 마무리됩니다. 주인공은 고아원에서 가까이 지냈었던 친구이자 로스쿨 진학을 목표로 학비를 모으고 있는 친구와 함께 힘든 시절을 보냈던 고아원을 방문합니다. 그곳에서 주인공은 체스를 처음 가르쳐주었던 할아버지가 돌아가시기 전까지 자신과 관련한 신문기사와 사진을 스크랩해놓은 것을 보고는 눈물을 흘립니다. 주변에 자신을 아끼는 사람들이 있었지만 과거의 버림받은 충격에서 헤어 나오지 못했던 주인공이 드디어 혼자가 아니었다는 사실을 인식하고 받아들이는 이 장면이 거름이 담겨있던 검은 비닐봉지를 터트리는 순간이 되는 것입니다.

검은 비닐봉지에 싸여있던 것은 나를 위협하는 호랑이가 아닙니다. 기껏해야 나를 할퀼 수 있는 고양이에 불과합니다. 검은 비닐봉지를 터트려서 거름으로 만드는 것, 결국 그 과정을 이루어낸다면 남들보다 더욱 성숙해질 수 있습니다. 그 과정을 돕는 것이 바로 치료자입니다. 드라마 속 주인공에게 친구가 있었듯이 치유의 과정을 혼자서 해나가기는 쉽지 않습니다. 과거의 그것이 더 이상 당신을 해롭게 하지 못한다는 것을 확인시켜주면서 안심시켜줄 누군가가 필요합니다. 보기 싫은 끔찍한 흉터가 아니라 '의미 있는' 흉터로 자리매김할 수 있게 도와줄 누군가가 말이죠.

Dialogue for Depression			
Category	*Anxiety*	**No.**	*022*

자꾸 '나쁜' 꿈을 꿔요

스트레스를 받아 감정적으로 우울해지고 불안해지는 분 중에 악몽을 자주 꾸고 가위에 눌린다고 이야기하는 분들이 있습니다. 일생 동안 뇌의 발달 단계에 따라 꿈의 패턴이 정상적 범주 내에서 변화되기는 하지만 꿈을 꾸지 않는 사람은 없습니다. 그럼에도 꿈 때문에 힘들다고 하는 사람들은 꿈을 꾸는 자체가 힘든 것이 아니라 꿈의 내용이 신경 쓰이는 것입니다. 자꾸 나쁜 꿈이 반복되니까 그 내용에 억눌리고 압도되어 푹 자지 못하다보니 개운하지 않은 컨디션으로 일과 공부 등에 지장을 받아 불편하다는 것입니다.

에픽테토스Epictetus라는 철학자는 이렇게 말합니다. "상황 자체가 중요한 것이 아니라 내가 어떻게 의미를 부여하는지가 중요하기에 '나쁜 꿈'이라고 규정을 해버리면 다음 날 하루 종일 안 좋은 기분으로 지내게 될 가능성이 높아지게 된다."

대개는 일상을 지내면서 꿈 자체를 잊게 되고 내용조차 잘 기억하지 못하지만 '나쁘다'고 생각하는 꿈에서 깨어나서 시작하는 하루가 그리 상쾌하지는 않을 것입니다. 무의식이 투영되어 나타나는 꿈은 맥락이 없고 파편적이기 때문에 쉽게 이해하기 어렵습니다. 논리성이 결여되어 있기 때문에 당연히 말이 되지 않습니다. 말이 안 되는 것에 굳이 '나쁜 꿈'이라고 스스로 규정짓지 마세요. 그냥 꿈입니다. 물론 '좋은 꿈'이라고 애써 포장할 필요도 없습니다.

꿈은 무의식이 스트레스를 처리하고 있는 것

꿈에 대한 해석과 이론은 학자마다 다르고 사회 문화적으로도 매우 다양합니다만 가장 기본적으로 꿈은 낮에 경험했던 일, 어릴 때의 기억 등과 같은 자극으로부터 비롯됩니다. 꿈을 꾸는 '꿈 작업'이라는 과정을 통해 억제되어 있는 욕구를 나름 수용 가능한 수준으로 바꾸어 냄으로써 삶의 균형을 유지해주는 것이라고 알려져 있습니다. 무의식이 꿈을 통해서 나에게 말을 걸어오는 것을 알아내려면 대개 정신 분석이라는 심층적인 작업을 통해 오랜 시간 면밀히 살펴야 하지만 여기에서는 일반적인 수준으로 이야기해보겠습니다.

자기 전에 음식을 먹었다고 생각해보세요. 잠을 자고 있지만 위장은 음식물을 소화하기 위해 일을 하게 됩니다. 마찬가지로 자고 있는 동안에 뇌는 낮에 받았던 또는 최근에 받았던 스트레스를 해소하기 위한 작업을 하게 되고 그것이 이미지로 나타나는 것이 꿈입니다. 그렇기 때문에 꿈을 꾼다는 것은 일방적으로 스트레스에 압도당함을 의미하는 것이 아닙니다. 무의식은 내가 자고 있는 동안에도 열심히 일을 합니다. '꿈꾸기를 당하는 것'이 아니라 '능동적으로 꿈꾸기를 하는 것'이라는 뜻입니다. 무거운 바벨을 든다고 생각해보세요. 왜 그 무거운 것을 들어 올릴까요? 근육을 강화하고 몸을 튼튼히 하기 위함입니다. 그렇기에 바벨을 들어 올릴 때 사람들은 그 무게에 짓눌린다고 생각하지 않습니다. 물론 치료가 필요한 수면장애가 있고 필요한 경우 정밀한 검사와 평가를 해야 하지만 일반적으로 꿈은 해결하기 어려운 스트레스를 소화하기 위한 작업으로 무의식이 수행하는 능동적이고도 정상적 반응이라고 볼 수 있습니다.

과거는 곧 현재라고 했습니다. 기억 네트워크에 제대로 처리되지 않은 기억이 남아있다면 현재 경험하는 지각이 과거 사건과 연관되어 이전의 역기능적인 사고와 감정에 영향을 받게 됩니다. 따라서 이러한 과거의 기억은 재처리 과정을 통해 정리되어야 합니다. 이러한 재처리 과정에 꿈의 기능이 활용됩니다.

꿈을 꾸는 수면단계를 눈동자가 좌우로 빨리 움직이기

때문에 렘REM, Rapid Eye Movement수면이라고 하는데, 꿈을 통해 과거의 스트레스를 소화하는 것에 착안하여 안구운동 민감소실 및 재처리요법EMDR, Eye Movement Desensitization and Reprocessing이 개발되었습니다. 현재 중요한 치료기법으로 활용되고 있는 EMDR은 치료자의 안내에 따라 좌우로 눈을 빠르게 또는 천천히 움직이는 안구 운동을 수행하면서 특정 기억을 소환하여 재처리하는 과정을 통해 과거의 트라우마와 스트레스성 기억, 즉 불편한 생활 경험을 다룹니다.

EMDR의 안구 운동을 하는 모습을 연상하면 마치 최면을 거는 것과 유사해 보이지만 철저히 의식을 유지한 상태에서 과거 기억을 다루는 것입니다. EMDR은 통합적인 심리치료기법으로서 일반적으로 7단계를 통해 진행됩니다. 일반적인 정신 치료에 비하여 비교적 단기간에 치료 과정을 마무리할 수 있다는 장점이 있으며 수많은 연구를 통해 그 효과성을 입증받고 있습니다.

Dialogue for Depression

Category	*Anxiety*	No.	*023*

미래에 대한 걱정이 떠나질 않아요

걱정의 본질은 일어나지 않은 일에 대한 우려입니다. 또한 걱정거리들은 대개 유효기간이 있습니다. 암 검진 결과를 기다리는 사람들의 마음에는 걱정이 가득하지만 걱정의 유효기간은 검진 결과를 받아볼 때까지입니다. 검진 결과를 받아보는 순간, 우리는 안도감 또는 좌절감을 느끼며 암 진단을 받게 된다면 걱정은 두려움이나 우울 같은 다른 감정으로 변환됩니다.

걱정의 다른 모습은 기대입니다. '걱정 반 기대 반'이라는 말도 있듯이 걱정은 기대라는 빛으로 인해 드리워진 그림자입니다. '잘 안되면 어쩌나'라는 걱정의 뒷면에는 '잘되면 좋겠다'라는 기대가 숨어있습니다. 빛이 강하면 그림자가 짙게 드리우듯이 기대가 강하면 걱정도 그만큼 커집니다.

걱정의 또 다른 본질은 벌어질 가능성이 낮은 일에 대한 괜한 염려입니다. 안 좋은 일이 일어날 가능성이 높을수록 우리는 실제적 대비를 하게 됩니다. 질병에 대한 걱정으로 건강검진을 하거나 건강에 좋은 습관을 실천하려는 것처럼 걱정거리가 구체화될수록 우리는 구체적인 준비를 하게 됩니다. 그래서 구체화된 걱정거리는 역설적으로 걱정의 대상이 아닙니다. 대비가 필요한 사항일 뿐입니다. 걱정이 힘든 이유는 그것이 불분명하고 막연하기에 무엇을 어떻게 준비를 해야 할지 실체가 없거나 모호하기 때문입니다.

하루 종일 걱정에 사로잡혀 있으신가요? 그 걱정거리는 유효기간이 있습니까? 있다면 그 기간까지는 어쩔 수 없다고 여기고 받아들이는 것이 필요합니다. 피한다고 피할 수 있는 것이 아니기에 그렇습니다. 만약 걱정거리에 유효기간이 없나요? 그렇다면 걱정했던 일이 실제로 벌어질 가능성은 어느 정도라고 생각하십니까? 벌어질 가능성이 크다고 생각되면, 그것에 대한 대비책을 마련해보세요.

벌어질 가능성이 적다고 생각되면 쓸데없는 걱정이 되겠죠. 내가 왜 이런 걱정을 하는지 이해가 안 될 정도라면 더 쓸데없는 걱정인 것인데, 의학적 용어로 이를 강박Obsession이라고 부릅니다. 강박에 대해서는 뒤에서 자세히 다뤄보겠습니다.

걱정 대출

걱정거리는 (물론 매우 어려운 일이지만) 그냥 그곳에 두면 됩니다. 3개월 뒤에 벌어질 수 있는 상황을 지금 미리 걱정할 필요는 없습니다. 대비하는 것과는 다릅니다. 대비할 것이 있다면 하고 없다면 그냥 3개월 후의 시점에 놔두면 됩니다. 한참 뒤의 일을 구태여 현재 시점으로 가져와서 걱정하는 것을 '걱정 대출'이라고 합니다. 굳이 지금 돈이 필요한 것이 아닌데 대출을 발생시키면 쓸데없이 이자를 지불해야 합니다. 금전적 손해가 발생하는 것이죠. 걱정을 미리 당겨서 하게 되면 '심리적 에너지 소진'이라는 이자가 발생하게 됩니다.

'그냥 그곳에 두기'는 생각보다 쉽지 않습니다. 온전히 심리적인 영역의 문제라고 볼 수도 없기에 경우에 따라서는 거리두기를 유지하기 위한 처방이 도움이 됩니다. 강박 증상을 모기로 비유한 적이 있습니다. 쓸데없는 생각에 매몰되어 현재에 집중하지 못해 퍼포먼스의 저하를 가져오고 그런 자신의 모습이 마음에 들지 않아 우울감에 빠지는 이 악순환을 타개하기 위해서 쓸데없는 생각이라는 모기를 퇴치하는 것이 필요합니다. 모기 퇴치를 위해서는 살충제를 뿌리거나 모기향을 피워야 편리하게 퇴치가 가능합니다. 여기서 이야기하는 살충제와 모기향은 약물 치료를 의미합니다. 쓸데가 있거나 없거나 걱정이 너무 많아서 현재에 집중하기 어려운 상황이라면 그 걱정을 원위치로 돌려보내기, 즉 걱정과의 적절한 거리두기를 위한 처방이 필요합니다. 강박과 같이 쓸데없는 걱정이라면 거의 소멸될 수 있으며 현실에 기반한 실제적 걱정이라 할지라도 '그냥 그곳에 두기'가 훨씬 용이할 수 있습니다.

Dialogue for Depression

Category	*Anxiety*	**No.**	*024*

심장이 두근거리고 숨이 막혀요

"심장이 두근거리고 손발이 떨려 잠도 잘 못 자고, 가슴이 답답해 소화가 잘 안되고 어지러워요." 정신과 진료실을 찾는 많은 이들이 처음 이야기하는 증상들입니다. 어떤 분은 스스로 공황장애라고 진단을 내리기도 하고 주변 지인들이 공황인 것 같다고 했다거나, 혹은 내과에서 공황일 수 있다는 이야기를 들었다고 하기도 합니다. 이러한 신체적 불편감에 대해 기분을 묻는 질문에는 “우울하고 감정 조절도 잘 안되고 무기력해요”라는 반응이 많이 나옵니다. “무슨 일이 있었나요?”, “누가 괴롭히나요?”라는 질문에 대해서는 다양한 대답들이 이어집니다. 직장 내에서의 불합리한 처우, 상사 또는 거래처의 갑질, 배우자 또는 연인의 배신과 그에 이어지는 몰염치한 태도에 대한 이야기를 쏟아놓기도 합니다. 그런 스트레스 상황에 대한 불편한 신체적 반응 양상을 비정상적이라고 보기는 어렵습니다. 누구든 그런 상황이 되면 정도의 차이는 조금 있을지언정 절대로 마음이 편하지는 않을 테니 말입니다.

공황에 대해

감정의 동물인 인간이 가지고 있는 원초적 감정 중 가장 중요한 것은 불안과 공포일지 모릅니다. 불안과 공포가 인류를 생존하게 만들었기 때문입니다. 불안하지 않았던 인류의 조상은 멸망했으며 불안했던 조상의 후손이 이 시대를 살아가고 있다고 볼 수 있습니다. 그러나 현대 사회에서 나타나는 불안의 여러 증상은 우리를 불편하게 합니다. 예측 불가능하게 수시로 숨이 가빠지며 가슴이 두근거리고 식은땀이 나는 증상을 반복적으로 경험하게 된다면 정상적인 일상생활이 힘들 수 있습니다. 그런데 정말 중요한 것은 신체 반응 자체가 아니고 두려움입니다.

예를 들어 옛날 옛적에 길을 가다가 호랑이를 만났다면 어떤 신체 반응이 나타날까요? 심장이 미친 듯이 뛰며 호흡이 가빠지고 식은땀이 나는 등의 신체적 현상, 즉 공포 반응을 경험하게 될 것입니다. 현대 사회에서 강도를 만나도 비슷한 신체 감각을 느끼게 됩니다. 머리에서는 '죽을 수도 있겠구나'라는 생각이 스쳐 지나가게 되겠죠. 호랑이나 강도를 만나는 것과 같은 상황에 처했을 때 공포 반응을 보이는 것은 정상적입니다. 구사일생으로 살아나더라도 호랑이와 강도를 또 만나지 않을까 불안해지는 것 역시 지극히 정상적 반응입니다. 그런데 이때 공포와 불안 반응을 야기하는 것은 호랑이와 강도에 대해서이지 신체 반응 자체가 두려운 것은 아닙니다.

이처럼 호랑이나 강도가 눈앞에 없음에도 마치 있는 것과 같은 신체 반응을 보이는 것을 공황 발작Panic Attack이라고 합니다. 공황Panic이라는 용어는 숲속의 신 '판Pan'이 숲속에 숨어서 혼자 지나가는 여행자를 놀라게 해, 두려움에 빠진 여행자가 호흡이 빨라지고 심장이 두근거리며 걸음을 재촉해 숲속을 빠져나가게 됐다는 이야기에서 유래했다고 합니다.

호랑이가 없는데 갑자기 죽을 것만 같은 신체 증상, 공포 반응을 경험한 뒤 그 이유를 알고 싶어 응급실에서 검사했더니 결과는 정상이라고 합니다. 잘 이해가 되지 않지만 그러려니 했는데 또다시 같은 상황을 경험해 병원에서 검사를 받는 등 이러한 상황을 몇 번 반복하게 되면 '또 그러면 어쩌나'라는 불안감을 안고 살게 됩니다. 호랑이나 강도같이 두려워할 실체가 없으니 공황 발작 자체를 두려워하게 되면서 신체의 미묘한 변화에도 민감하게 반응하게 됩니다. 심지어 소변을 본 뒤 느껴지는 몸 떨림 현상이 공황 발작을 유발하는 느낌이 들어 화장실을 못 가는 경우도 있습니다. 하루에 도 몇 번씩 경험해야 하는 생리적 반응에서 공포심을 느끼게 된다면 그 삶은 얼마나 불편해지겠습니까. 이처럼 개인이 공포를 학습하고 조건화하면서 삶의 범위가 축소되고 사회적 활동까지 위축되며 이차적으로 우울 증세를 경험하게 되는 것, 이것을 공황 장애Panic Disorder라고 합니다.

고장 난 화재경보기

공황 발작은 자율 신경계 반응을 관장하는 뇌의 '청반핵'이라는 곳이 과민 활성화되어 나타나게 됩니다. 마치 불이 나지 않았는데도 또는 고기를 굽는 정도의 연기에도 빽빽 울려대는 고장 난 화재경보기처럼, 호랑이나 강도를 만나는 것 같은 위험한 상황에 처하지 않았음에도 이를 위험신호로 잘못 감지해 오작동하게 되는 것입니다.

화재경보기가 고장 나면 고쳐야 하듯 청반핵이 예측 불가능하게 활성화되는 것 역시 안정화시켜야 합니다. 일차적

으로 필요한 것은 약물 치료이며 약물 치료가 담당하는 영역은 감각의 안정화입니다. 초기 공황의 경우에는 대개 생리적 이상 반응을 앞서 느끼고 그것에 대한 공포심을 가지게 되면서 이런저런 부정적 생각들이 떠오르게 됩니다. 이러한 부정적 생각들은 예기 불안을 유발하고 대뇌가 불안감을 느끼게 되면 다시 청반핵은 이를 더 큰 위험으로 감지해 과활성화됩니다. 이런 사이클이 계속 반복된다면 삶이 위축되고 만성적 불안과 우울감에 빠질 수 있습니다. 따라서 공황의 초기 치료에는 약물 치료를 통한 감각의 안정화가 먼저 필요합니다. 마치 어떤 이유에서 열이 나건 상관없이 먼저 해열제를 통해 열을 내리는 것이 필요한 것과 같습니다. 감각이 안정화되었다고 감정과 생각마저 바로 정상화되는 것은 아닙니다. 죽을 것 같았던 공포 경험이 일종의 트라우마로 남을 수 있기 때문에 '저 장소에 가면 또 불안해질 것 같아'라고 생각하는 예기 불안과 그로 인한 회피 행동은 감각이 안정됨에 따라 자연히 소실되기도 하지만 여전히 남아서 크고 작은 불편감을 주기도 합니다. 불안 발작이 자율신경계의 문제라면 예기 불안과 회피 행동은 대뇌의 문제이며 약물 치료만으로 해결되지 않는 경우가 종종 발생하기도 합니다. 마치 미사일로 적군 기지를 초토화했지만 궁극적으로는 육군이 깃발을 꽂아야 최종 승리가 결정되는 것처럼 약물 치료를 통한 생리적 증상의 안정화와 함께 생각과 행동도 정상화되어야 진정한 회복이라고 할 수 있습니다.

공황은 어떻게 될 것 같은 느낌이지 어떻게 되지는 않습니다

공황 발작이 생기면 자동적으로 머릿속에서는 '이러다 어떻게 되는 건 아닌가? 이 상황에서 나는 아무것도 할 수 없다'는 생각이 떠오르면서 두렵고 무서운 감정 반응이 나타납니다. 공황 발작의 치료에 있어 감각적 안정화와 더불어 중요한 것은 바로 이렇게 반사적으로 떠오르는 생각, 즉 자동적 생각의 오류를 점검해 수정한 뒤에 수정된 생각을 행동으로 실천함으로써 실제적으로 느끼고 확인하는 것이 중요합니다. 이를 인지 행동 치료라고 합니다.

이 증상으로 힘들어하시는 분들에게 약물 치료와 동시에 제일 처음 알려주는 정보는 '공황 발작으로 죽지 않는다, 어떻게 될 것 같은 것이지 어떻게 되지는 않는다'는 것입니다. 물론 신체적 검진은 필요합니다. 응급실과 내과를 들러서 오시는 분들이라면 상관없지만 정신건강의학과에 먼저 오시는 분들은 긴강 검진을 해보라고 권해드립니다. 스트레스와 동반된 수면부족, 술, 담배, 불규칙한 식생활 등은 면역력 저하를 포함해 여러 가지 신체적 건강문제를 야기할 수 있기 때문입니다.

어떤 상황에서도 뭐라고 단언할 수 없는 것이 의료이지만 '그것이 공황이라면' 그 증상으로 어떻게 되지는 않습니다. 공황은 일정 시간 동안의 어떻게 될 것 같은 강렬한 불안감과 신체적 증상을 말하지만 동시에 시간이 지나면 괜찮아지는 특성이 있습니다. 그렇기 때문에 응급실에 가는 동안 증상이 안정화되어 별다른 처치가 필요 없는 경우가 많이 발생합니다. 다시 말하지만 공황 발작은 발작 증상만이 아니라 발작 이후에 안정화되는 특성까지 포함해야 비로소 공황 발작이 되는 것입니다. 그것이 지하철에서 내려서건, 사람이 많은 곳에서 빠져나와서건, 아니면 계속 그 자리에 머물러 있었음에도 그러했건 상관없이 발작 양상이 가라앉는 것까지 포함되어야 비로소 공황 발작이라는 개념이 성립하는 것입니다.

전공의 시절 공황장애 인지 행동 치료 집단 프로그램을 진행할 때의 일입니다. 한 분은 터널에서의 반복적 공황 발작으로 힘들어하고 있었습니다. 약물 치료와 인지 치료를 병행하면서 많이 호전되었지만 여전히 예기 불안으로 터널을 통과하지 못하던 그분께 이런 질문을 한 적이 있습니다. "공황 발작으로 죽지 않는다고 말씀드렸는데 믿을 수 있으신가요?" 믿을 수 있다고 대답을 하십니다. 두세 차례 반복적으로 질문을 했을 때도 그렇다고 대답을 했지만 마지막으로 진짜 믿으시냐고 묻자 "그런 것 같기도 하고 아닌 것 같기도 해요"라고 이야기를 합니다. 제일 첫 번째 시간에 했던 교육을 다시 한 번 하게 되었고 관련해 다른 참여자들도 이런저런 의견들을 이야기합니다. 일주일 후 다음 세션에서 그분은 막히는 터널을 무사히 통과하는 경험을 했다고 밝은 표정으로 이야기를 합니다. 머리로는 받아들였던 지식을 가슴으로는 받아들이지 못했다가 자극에 대한 노출 행동 실천을 통해 실제로 확인하는 과정을 거치면서 한 단계 업그레이드 된 것입니다. 그렇다고 자칫 인지 치료가 '믿습니까?'와 같은 맹목적 종교의 신념처럼 여겨지지 않길 바랍니다. '죽지 않는다'는 것은 의식적으로 신념체계를 활성화해 믿어야만 하는 것이 아니라 그냥 하나의 사실일 뿐이며 공황 발작을 두려워하는 사람들의 왜곡된 인지체계를 객관화하고 수정해나가는 인지 치료 과정에서 가장 기본적으로 필요한 정보일 뿐입니다. 그럼에도 불구하고 인간의 근본적 공포가 죽음이어서 그런지 모든 공포는 죽음으로 귀결되어서 그런 것인지 그 기초적인 정보가 종종 강력한 효과를 나타내곤 합니다.

아웃 포커싱

아웃 포커싱이라는 카메라 촬영 기법이 있습니다. 피사체에 초점을 맞추고 배경을 흐릿하게 함으로써 피사체를 돋보이게 만들 수 있어 인물 사진을 찍을 때 자주 사용하는 방법입니다. 그런데 초점을 뒤에 있는 배경에 맞추게 되면 피사체가 흐릿하게 나옵니다. 초점을 어디에 맞추느냐에 따라 어떤 것은 또렷하게 강조되고 다른 것은 흐릿하게 표현됩니다. 공황 발작의 정의가 죽을 것 같은 공포심을 유발하는 신체적 증상이 갑자기 생기는 것이지만 그것이 공황이라면 얼마의 시간이 지나면 안정화된다고 이야기했습니다. 공황이 아니라면 모를까 공황이라면 안정화되는 것은 기정사실입니다. 그런데 공황에 놀란 사람들은 발작 자체에만 집중하고 정작 안정화되는 것은 무시하거나 신경을 쓰지 않습니다. 물론 당연한 심리적 반응입니다. 결국 발작이 가라앉는다고 해서 발작 자체가 없었던 것은 아닙니다. 기왕이면 발작이 안 생기는 것이 더 좋은 것입니다. 그런데 이미 생긴 문제라면 그로 인한 데미지를 최소화하는 것이 중요하고 그것이 치료의 과정이라고 볼 때 초점을 발작에서 이동시켜 안정화되는 것에 맞출 필요가 있습니다. '불안했었지만 괜찮아졌어'에서 '괜찮아졌어'에 초점을 맞추는 것이 필요하고 또 중요합니다. 괜찮아진 상태는 무시하고 불안했던 상태에만 집중하고 있으면 예기 불안을 통제하기가 어렵습니다. '문제는 그 자체가 문제가 아니고 해결되지 않기 때문에 문제인 것이다'라는 이야기를 했었습니다. 따라서 공황을 극복하고 정상화시켜 나가는 데 있어서 '고통스럽지만 해결이 되면 문제가 아니다'라는 사고방식이 필요합니다.

감각에 대한 주도권 찾아오기

공황 발작은 분명 두렵고 불편하지만 결코 처음 느껴본 감각은 아닙니다. 100m를 전력으로 달리면 심장 박동수는 증가하며 숨은 턱까지 차오릅니다. 어질어질한 느낌을 경험하기도 하고 오랜만에 뛴 것이라면 구역질이 나기도 합니다. 어린 시절 누가 잠수를 오래 하나 내기해본 경험이 있나요? 물에 얼굴을 묻고 숨을 최대한 참을 때 가슴은 답답함을 느낍니다. 그렇지만 어느 누구도 그런 감각 자체 때문에 불안해하지 않습니다. 호랑이나 강도를 만났을 때와 마찬가지로 당연한 신체적 반응이라고 생각하기 때문입니다.

'눈에는 눈, 이에는 이'라는 말이 있듯 가능한 상황에서는 숨이 답답해질 때(다시 말하면 답답한 감각적 경험을 당할 때) 스스로 더 답답한 감각을 만들어 냄으로써 두려움을 극복할 수 있습니다. 숨을 끝까지 참아보는 것이죠. 긴장 상태에서는 자신도 모르게 얕은 숨을 쉬게 됩니다. 우리는 공포 영화를 볼 때 '숨죽이고 본다'는 표현을 하곤 합니다. '숨죽인다'는 것은 일상적 호흡이 아니라 얕은 호흡을 한다는 것을 말합니다. 무서운 장면이 지나가면 '안도의 한숨을 내쉰다'고 말합니다. 이는 다시 깊게 숨을 내쉬면서 정상적 호흡으로 돌아가는 것을 말하죠. 영화의 무서운 장면이야 길어야 몇 분 정도이니 호흡이 금방 정상화되지만, 긴장과 스트레스 상황에 오래 노출되어 있거나 공황 발작을 경험하게 되면 그 시간은 상대적으로 길어지게 되어 제대로 숨을 못 쉬고 있다는 생각에 답답함과 두려움을 느끼게 됩니다. 그럴 때 의식적으로 숨을 끝까지 참게 되면 마지막에 '파~'하고 터지게 됩니다. 숨통이 트이는 것입니다. 그렇게 마치 안도의 한숨을 내쉬듯 숨통을 트이게 해주는 행동을 두세 번 반복하게 되면 정상적으로 호흡이 돌아오는 것을 느낄 수 있습니다.

물론 이 과정이 쉽지만은 않습니다. 수영을 배울 때 몸에 힘을 빼는 것이 중요하다는 것을 알지만 물에만 들어가면 자기도 모르게 온몸에 힘이 들어갑니다. 이처럼 정작 긴장과 공황 상태에서 호흡을 주도적으로 정상화시키는 것이 중요하고 방법을 알지라도 실제로 적용하기 쉽지 않은 경우가 많습니다. 그렇기 때문에 평소에 연습을 해 두는 것이 필요합니다. 편안한 상황에서 일부러 호흡을 멈추었다가 숨통이 트이는 경험을 미리 해보는 것입니다. 연습은 쉽게 해볼 수 있습니다. '연습이 대가를 만든다'는 속담도 있듯이 공황을 극복하기 위한 연습은 약물 치료 이외에 스스로 할 수 있는 중요한 행동 치료 전략입니다. 공황 발작의 증세와 유사하게 가슴이 두근거리는 것이 불편해질 때에는 계단 오르기와 같은 활동을 통해 인위적으로 심장 박동 수를 더 증가시켜 불안감을 해소할 수 있습니다.

'생각 당하기'를 설명하면서 그 내용이 중요한 것이 아니라 능동적으로 하는 것인가 아니면 수동적으로 당하는 것인가가 중요하다고 이야기했습니다. 죽음에 대한 생각을 당하는 사람은 우울한 사람이며 죽음에 대해 연구하고 생각하는 사람을 철학자라고 비유하기도 했습니다. 성행위를 하는 사람은 쾌락을 경험하지만 당하면 끔직한 성폭력 피해자가 됩니다. 또한 능동적으로 오래 뛰기를 자처하는 사람은 마라톤을 하는 것이지만 억지로 뛰어야 하는 사람은 벌을 받는 것입니다. 마찬가지로 감각적 경험 역시 당하는 것은 불안과 공포를 유발하지만 능동적으로 통제할 수 있게 되면 더 이상 스트레스가 아닙니다. 여기서 통제란 불편한 감각을 소거하는 게 아니라 스스로 만들어 냄으로써 별 것 아닌 것으로 변화시키는 것을 말하며 스스로를 통제할 수 있다는 생각이 심리적 안정감을 가져오게 됩니다.

Dialogue for Depression			
Category	*Anxiety*	**No.**	*025*

직장 스트레스와 쉼, 불안해서 제대로 쉴 수가 없어요

"사자가 왜 동물의 왕일까요? '힘이 제일 세니까', '먹이사슬의 제일 꼭대기에서 다른 동물들을 잡아먹으니까'라는 것이 일반적인 대답일 수 있겠지만 사자는 어떤 누구의 눈치도 보지 않고 쉴 수 있기 때문입니다." 어느 연예인이 방송에서 한 이야기입니다. 어디서 들은 이야기인지 아니면 스스로 생각해낸 비유인지는 모르겠지만 저는 이 이야기가 매우 의미 있다고 생각합니다.

사자와 토끼

사자가 그러하다면 토끼는 어떨까요? 우리는 다큐멘터리에서 작은 소리에도 놀라서 주변을 두리번거리는 토끼 같은 동물을 보곤 합니다. 애니메이션 <라이언 킹>에서는 수시로 일어나서 고개를 세우고 사방을 돌아보는 미어캣도 볼 수 있습니다. 그 동물들은 아주 귀엽지만 마음 편히 쉬지 못합니다. 약육강식의 세계에서 토끼나 미어캣은 항상 긴장한 상태에서 살아갈 수밖에 없는 운명과 생존본능의 유전자를 가지고 태어난 것이죠.

누구의 눈치도 보지 않고 쉬고 있는 상황을 연상해보면 몸과 마음의 긴장이 편안하게 풀리는 것을 느낄 수 있습니다. 조바심을 가진 채 잠시 멈춰 있는 것이 아니라 완전히 내려놓고 쉴 수 있는 것, 사자 같은 쉼은 마음을 편안하게 만들어 피로를 회복해 다시 일상으로 돌아가 살아갈 힘을 부여합니다. 그러나 현실 세계는 그리 만만하지 않습니다. 업무의 성격에 따라 달라질 수는 있겠지만 퇴근을 하거나 휴가를 간다고 일에서 완전히 자유로워지기는 쉽지 않습니다.

여름은 당연히 덥지만 최근의 여름은 더 더운 것 같습니다. 후덥지근한 날씨에 만원 지하철이나 막히는 도로에 있다 보면 이대로 현실의 스트레스에서 벗어나 '쉼'을 누리고 싶은 생각이 사무쳐 오릅니다. 물론 1초도 지나지 않아 '돈은?', '직장은?' 등의 현실적인 문제에 부딪히게 되지만 말입니다. 우리에게 주어진 약간의 휴식 시간을 온전히 사자처럼 쉴 수 있다면 행복한 사람이라고 볼 수 있습니다만 현실 속에서는 사자보다는 토끼 같은 삶을 살아가고 있는 경우가 더 많지 않을까 합니다.

쉼과 자기 결정권

그렇다면 '쉼'이란 무엇일까요? 육체적으로 일을 안 하는 것일 수도 있고 정신적으로 현실의 고민에서 빠져나오는 것일 수도 있습니다. 하지만 '쉼'이 가지고 있는 근본적인 힘은 자기 결정권이라는 것에 있습니다. 일을 하지 않는 것 또는 운동이나 레저 활동 등의 결정 권한이 나에게 있다는 것이 '쉼'을 결정하는 가장 본질적 요소입니다. 사랑하는 자녀를 위해 놀이공원에 가는 것은 그 자체로 매우 아름답고 소중한 시간이지만 혹시 어쩔 수 없이 해야 하는 것이라면 자기 결정권적 관점에서는 또 다른 형태의 노동으로 다가올 수도 있습니다. 반면에 객관적으로 보기에는 일이지만 그것이 온전히 자기의 의지와 동기에 의해 이루어지게 될 때, 그 일에는 '쉼'적인 요소가 있기도 합니다. 저는 이 원고를 일요일 오후에 쓰고 있습니다. 과연 휴일 오후에 원고를 쓰는 것이 쉼이 될 수 있을까요? 이 일은 내가 능동적으로 결정한 것이기에 쉼의 요소가 있다고 믿고 싶지만, 어느 정도는 하고 싶은 일에서 해야 하는 일로 변질된 것 같습니다. 약속한 시간 안에 원고를 완성해야 한다는 기준이 적용되는 순간, 쉼의 요소는 눈에 띄게 감소하면서 원고를 쓰지 않고 있으면 뭔가 찜찜해진다는 면에서 쉼보다는 노동에 좀 더 가까워지지 않았나 생각합니다.

앞서 '하고 싶은 것'과 '해야 하는 것'을 구분하자고 이야기했습니다. 쉼이란 하고 싶은 것을 하는 것을 말합니다. 또는 아무것도 하지 않는 것을 하는 것을 말합니다. 스트레스 해소를 위해 선택한 운동이 하고 싶은 것에서 해야 하는 것으로 변하는 순간, 운동은 쉼이 아니라 노동이 됩니다. 하고 싶은 것은 그냥 하고 싶은 것으로 놔둘 수 있는 현명함이 필요합니다.

직무 긴장도

병원에 오시는 많은 분들이 직장에서의 스트레스로 힘들어합니다. 스트레스 발생 요인은 크게 두 가지가 있는데 하나는 업무 자체이며 다른 하나는 직장 내 관계 문제입니다. 업무 자체로 인한 스트레스는 업무 난이도나 과도한 업무량이 문제일 수 있으며 두 가지 모두 해당되기도 합니다. 일이 바쁘고 어려우면 자기도 모르게 예민해지기 때문에 주변 사람들의 감정을 충분히 배려하지 못하게 되면서 날 선 말들이 오고갈 가능성이 높아지니 관계와 업무는 밀접한 상관성이 있다고 볼 수 있습니다.

직무 스트레스를 측정하는 방식 중에 직무 긴장도라는 것이 있는데, 이는 요구받는 직무의 양(직무 요구도), 그리고 그 직무에 대한 본인의 결정권(직무 자립도)을 입체적이고 다각도로 측정, 평가하는 방식입니다. 하나하나의 내용은 좀 복잡하지만 요약하자면, 직무 요구도가 높고 직무 자립도가 낮은 경우를 '고高 긴장 집단'이라고 부르는데 고 긴장 집단은 우울증 등의 정신 질환에 걸릴 가능성이 높다고 알려져 있습니다. 반대로 직무 요구도는 낮으면서 자립도가 높다면 상대적으로 스트레스를 덜 받게 됩니다.

일반적으로 어떤 일이 낮은 직무 요구도와 높은 직무 자립도를 가질 수 있을까요? 딱히 떠오르지 않습니다. 그렇다는 것은 아마도 현대 사회의 구성원들은 직위의 높고 낮음과 상관없이 대부분 고 긴장 집단에 해당한다는 의미일 것입니다. 울리는 전화벨 소리에 자동반사적으로 '또 무슨 일일까?'

라는 생각이 떠오른다면 영락없이 고 긴장 집단입니다. 마치 토끼와 같이 살고 있는 것이라 볼 수 있습니다. 직위가 높은 경우 직무 자립도는 높아질 수 있지만 그것은 상대적이기도 하고 모든 업무가 조직 내에서만 해결되는 것이 아니라 외부적 변수도 다양하게 존재하기 때문에 고 긴장 상태에서 예외적이긴 쉽지 않습니다.

그렇다면 고 긴장 상태에서 벗어날 수 있는 방법은 무엇이 있을까요? 실제로 여기서 오는 스트레스가 견디기 힘들어 퇴사를 고민하고 이직을 하거나 일의 분야를 아예 바꾸는 경우도 있습니다. 모든 퇴사를 실패와 좌절로 받아들일 필요는 없습니다. 물론 일을 제대로 못하고 관계가 어렵다는 좌절감에 기인한 회피일 수도 있지만 건설적인 변화를 추구하는 행위일 수도 있습니다. 그것이 어느 쪽에 가깝든지 간에 절대적일 수는 없겠지만 실패 아니면 성공이라는 이분법적 사고방식으로 보는 것은 바람직하지 않습니다. 그 기준이라면 조직 내에서 승승장구하지 못하고 중단한 모든 상황을 실패로 볼 수밖에 없기 때문입니다. 실패와 변화 추구는 구분할 수 있어야 합니다.

예측 불가능성을 낮추기

긍정적으로 생각하고 받아들여야 한다는 이야기를 자주 하곤 합니다. 긍정적이라는 것은 무엇일까요? 긍정은 부정의 반대어입니다. 부정적이라는 것은 그것이 무엇이건 'No'라고 하는 것입니다. 긍정은 그 반대의 의미이니 'Yes'라는 태도를 견지하는 것이 됩니다. 즉 할 수 있는 것을 할 수 있다고 받아들이고 할 수 없는 것은 할 수 없다고 받아들이는 것이 긍정의 태도입니다. '잘 될 거야'라는 태도는 긍정이라기보다는 낙관주의라고 할 수 있습니다. 물론 낙관적 태도도 좋지만, 근거 없는 낙관주의는 무리수를 낳음으로써 또 다른 실패와 좌절감을 경험하게 할 수 있다는 점에서 긍정적 태도와는 다릅니다. 할 수 있는 것을 최대한 잘 하기 위해서 그리고 할 수 없다고 최종적으로 결정하고 미련 없이 내려놓기 위해서는 섬세한 준비가 필요합니다. 그 준비 중 하나가

바로 예측 불가능성을 낮추는 것입니다.

실제적인 변화를 통해 상황을 바꿀 수 없다면 어떻게 해야 할까요? 주변의 기대가 부담되고 더 나은 직장을 구할 수 있다는 보장도 없기 때문에 당연히 망설이게 되면서 '일단' 현상 유지를 선택하게 됩니다. 그런 상황에서 직무 긴장도를 낮출 수 있는 방법이 있을까요? 쉽지는 않지만 '주관적' 직무 자립도를 높이는 방법밖에는 없습니다. 적도지방에 가게 되면 어쩔 수 없이 풍토병에 걸릴 위험에 노출되기에 감염 위험을 낮추기 위해 예방 주사를 맞습니다. 조직 또는 사회적 관계에서 부여받은 업무 요구와 객관적 직무 권한 역시 내가 어찌할 수 있는 것이 아니기에 먼저 예상하고 준비하는 것이 가장 효과적인 방법이라고 할 수 있습니다. 어차피 닥칠 일이기에 '예측'해 보자는 이야기입니다.

스트레스의 본질을 여러 가지로 이야기할 수 있겠지만 가장 중요한 것은 '예측 불가능성'입니다. 다음으로는 예측 불가능한 일이 일어나는 빈도입니다. 재난 상황 역시 예측 불가능하지만 빈도는 매우 낮습니다. 그렇기 때문에 일상생

활에서는 잊고 지낼 수 있게 되는 것이죠. 재난에 대해 정책적으로는 잊지 않고 철저히 대비해야 함에도 자꾸 잊고 대비책을 세우지 않아 같은 재난 상황이 반복되기도 하는데 이를 '안전 불감증'이라고 부릅니다.

회사의 업무가 많고 힘들어도 예측할 수 있다면 스트레

스는 그나마 낮아질 수 있습니다. 그런데 실상은 그렇지 못하기 때문에 스트레스가 쌓이는 것입니다. 같은 업무를 요구받더라도 그것이 내가 예측했던 일이라면 데미지의 강도는 낮아질 수 있습니다. 예상치 못한 기습 펀치는 나를 기절시킬 수 있지만 예측한 상태에서 상대의 공격은 가드를 올려 어느 정도 방어할 수 있기에 데미지는 받겠지만 치명상은 피할 수 있는 것과 유사합니다. 주말을 정리하면서 30분 정도 예측의 시간을 가져보거나 출근을 하면서 10분 정도 예측하는 시간을 가져보세요. 생각만 해도 마음이 무거워지고 불안과 긴장이 엄습해 올 수 있겠지만 능동적으로 임하는 것이 도움이 될 수 있습니다. 거듭 강조하지만 독성이 강한 스트레스는 당하기 때문에 발생합니다. 같은 내용이라도 능동적으로 하게 되면 사뭇 다른 느낌을 경험할 수 있습니다. 직장은 변수로 가득 차 있지만 할 수 있는 선에서 예측 불가능성을 최소화하고 예측 가능성을 최대한 높이는 것만이 스트레스를 관리할 수 있는 방법입니다.

하지만 도저히 이러한 방법이 불가능한 상황이라면 어쩔

수 없이 독성이 강한 스트레스를 받을 수밖에 없고 그때부터는 정신적 데미지를 최소화시키는 것 말고는 별다른 방법이 없습니다. 필요한 경우 약물 치료는 정신적 외상으로 인한 상처를 최소화시키거나 회복시키는 데 있어 매우 중요한 역할을 할 수 있습니다.

한없이 자유로울 것만 같은 바다를 떠올려보세요. 그런 바다에서도 거친 파도를 직면하게 될 수 있습니다. 파도가 약해질 수는 있지만 아예 없어질 수는 없으며 각종 기후 변화에 따라 거센 파도가 또다시 치는 경우가 발생합니다. 우리는 어느 정도까지는 파도에 맞서서 버틸 수 있지만 강하고 높은 파도에는 결국 휩쓸릴 수밖에 없습니다. 삶에서 경험하는 스트레스도 마찬가지입니다. 삶이기 때문에 스트레스가 없을 수는 없고 일상적 스트레스에는 맞서서 버틸 수 있지만 강하고 큰 스트레스에는 밀려서 넘어질 수 있습니다. 높은 파도를 피할 수 있다면 피하는 것이 정답이겠지만 피할 수 없다면 서핑 보드를 사용해서 파도를 타고 다녀야 합니다. “피할 수 없다면 즐겨라”는 속 편한 소리를 하고자 하는 것은 아니지만 정작 그 방법 외에 묘수가 없는 것 역시 사실입니다. 여기서 서핑 보드의 역할을 해주는 것이 약물 치료입니다.

업무도 업무지만 가장 예측하기 어려운 것 중 하나는 상사의 태도와 반응입니다. 그렇기 때문에 좋은 리더의 덕목을 꼽는 데 있어 '일관성과 예측 가능성'은 항상 최상위권에 위치하곤 합니다. 예측 불가능한 상사나 환경으로부터 벗어나기 위해 이직을 선택하는 것도 방법이겠지만 앞서 말했듯 실패와 변화 추구는 구분해야 합니다. 그렇기에 존중받지 못하는 상황을 억지로 견딜 필요는 없습니다. 선택권이 충분히 있는 경우 스트레스는 나의 결정에 따라 통제될 수 있습니다. 선택권을 발휘하면 되는 것이니까요. 문제는 그 선택권마저 없는 경우입니다. 그런데 '정말 나에게는 어떠한 선택권도 없는 것인가'에 대해서는 다시 한 번 생각해 볼 필요가 있습니다. 그리고 또 다른 중요한 질문을 스스로에게 던져보아야 합니다. '만약 이 스트레스가 나에게서 사라진다면 나는 지금 무엇을 할 것인가?' 이렇듯 상황을 보는 관점의 각도를 틀게 되면 기존의 각도를 유지한 상태에서는 안 보이던 선택지가 보일 수 있습니다. 이 모든 것들은 결코 쉽지 않습니다. 누구든 숨 쉬듯이 자연스럽게 할 수 있는 것이라면 시중에 그렇게 많은 심리학 도서가 출간되지는 않았을 것입니다. 알고 있지만 쉽지 않기 때문에 이론이 존재하는 것입니다.

그러면 어떻게 관점의 각도를 틀어볼 수 있을까요? 어떤 물건을 다른 곳으로 옮기기 위해서는 물리적 에너지가 필요하듯이 관점의 각도를 틀기 위해서도 심리적 에너지가 필요합니다. 정신과 의사로서 그 에너지를 공급하는 방법으로 약물 치료를 선택하는 경우가 많습니다. 하지만 약물 치료로 발생하는 에너지는 스스로 방향을 잡진 못합니다. 결국 그 에너지를 활용해 관점을 바꾸고 '긍정적'으로 변화해 나가는 것은 내가 해야 하는 일입니다.

Dialogue for Depression

Category	*Anxiety*	No.	*026*

강박, 자꾸 이상한 생각이 떠올라요

강박 증상은 개인에 따라 다양한 양상으로 나타납니다. 가스 불이 꺼졌는지, 문이 제대로 잠겨있는지 등 반복적으로 체크하는 행동들이 남들보다 유난히 많거나, 정리 정돈을 너무 완벽하게 하려고 한다거나, 머리카락 하나 떨어져 있는 꼴을 못 본다거나 아니면 위생관념이 지나치게 철저해 손 씻기와 샤워를 너무 자주 또는 오래 하거나 선을 밟지 않기 위해 이리저리 피해 다니는 등의 행동을 합니다. 스페인 영화 <강박이 똑똑>에서는 위에서 언급한 다양한 종류의 강박 양상으로 힘들어하는 사람들이 등장합니다. 영화 <이보다 더 좋을 순 없다>에서 배우 잭 니콜슨은 돈 많고 까탈스런 작가로 등장하는데 도로 위의 선을 밟지 않기 위해 이리저리 피해 다니고 식당에서는 꼭 정해진 자리에 앉아야 해서 누가 그 자리에 앉아 있으면 옆에 서서 빨리 나가라고 재촉을 하는 진상 손님이기도 합니다. 또 오랜만에 데이트를 앞두고 온 집안에 수증기가 찰 정도로 샤워를 하는 바람에 데이트 상대를 아주 오래 기다리게 하기도 합니다.

불안을 해소하기 위한 행동 = 강박 행동

이러한 강박 행동의 주된 심리적 방어기전으로는 '취소Undoing'가 주로 사용됩니다. 선을 밟아서 불안해졌다면 다시 돌아가 앞선 행동을 취소하고 선을 밟지 않는 행동을 해야 비로소 마음이 편안해집니다. 어떤 여성의 경우 스타킹을 오른쪽부터 신어야 하는데 정신없이 왼쪽부터 신었다면 하루 종일 찜찜하기 때문에 그 행동을 취소하기 위해 신었던 스타킹을 벗고 다시 오른쪽부터 신기도 합니다. 계단도 오른발부터 올려야 하는데 왼발부터 올렸다면 다시 내려간 뒤 오른발부터 올려야 합니다. 지저분하다고 생각되는 것에 손이 닿았다면 손이 오염되었다고 생각하기에 손을 씻음으로써 오염된 상태를 취소시킵니다. 정신과 의사이자 작가인 모건 스캇 펙Morgan Scott Peck의 《스캇 펙의 거짓의 사람들》에 등장하는 남성은 교량을 건너 집으로 가다 '이제 다시 저 다리를 못 건널 거야(죽는다는 의미)'라는 생각에 다시 돌아가서 한 번 더 다리를 건너고 나서야 본인의 생각이 어리석었음을 확인하고 비로소 마음이 편해지는 모습을 보입니다.

취소를 해야 하는 이유, 즉 강박 행동을 할 수밖에 없는 이유는 그렇게 해야 불안감이 감소하기 때문입니다. 불안감이 감소하는 것까지는 좋은데 여기에는 비용이 발생합니다. 엄청난 비효율성이 생기고 그것은 정상적인 일상생활을 저

해합니다. 문이 제대로 잠겼나 확인하다가 매번 직장에 지각하는 상황도 생기고 지나친 깔끔함은 피부 질환을 야기하기도 합니다. 무엇보다 관계에 치명적인 문제를 야기할 수 있습니다. 내가 편안해지고자 하는 행동으로 말미암아 내 주변의 사람들은 크고 작은 불편함을 감수할 수밖에 없기 때문입니다.

강박은 이질적인 생각

강박이라 함은 생각, 감정, 충동, 이미지 등이 본인 의지와는 상관없이 마음속으로 침범해 들어오는 것을 말합니다. 그것이 불안을 야기하고 또 그 불안을 소거하기 위해 강박행동이 나타나게 되는 것이죠.

강박은 '당하는 것'입니다. 생각 당하기, 걱정 당하기에 대해 이야기한 바 있듯이 사실 '당한다'는 것은 모든 정신건강의 문제에 공통적으로 해당하는 특성입니다. 스스로 원해서 부정적인 생각을 하거나 우울한 감정 속으로 들어가진 않을 테니 어찌 보면 당연한 말일 수 있습니다. 그런데 그렇게 당한다는 공통점에 더해 강박이 가지고 있는 고유의 특성은 이질적이라는 것, 즉 스스로 생각해도 이상하다고 느끼는 것입니다. 입시 시험, 취업, 경제적 문제 등 현실적으로 있을 수 있는 일에 대한 걱정 역시 생각 당하는 것은 마찬가지이지만 이질적이지는 않습니다. 우울한 상태에서 부정적 생각과 충동이 드는 것 역시 마찬가지입니다. 그런데 강박은 이질성을 띠고 있다는 점이 다릅니다. '왜 내가 이렇게 쓸데없는 생각을 (당)하는 것일까?'라는 의문을 갖게 된다는 것이죠. 우울한 사람의 경우 부정적 생각에 동화되어 침잠해 들어가는 것이라면 강박적 생각은 이질적이어서 그 생각이 더 이상 떠오르지 않고 사라지기를 바란다는 것이 다른 점입니다. 그래서 진료 중에 이렇게 질문하곤 합니다. "지금 당신을 힘들게 하는 그 생각이 이질적으로 느껴지나요?"

실제로 그 일이 일어날 가능성이 매우 낮다고 인지하고 있으면서도 부모가 전화를 안 받으면 '혹시 사고가 난 것이 아닐까'라는 생각이 계속 떠올라 결국 전화 연결이 될 때까지 계속 전화를 거는 행동, '지나가는 차가 자신을 덮칠지도 모른다'는 생각 때문에 건널목 멀찍이 떨어져있어야 편해지는 사람, '운전하다가 핸들을 혹시나 잘못 돌리지 않을까'하는 생각 때문에 운전할 때마다 식은땀을 흘릴 정도로 긴장하는 사람, 도로 표지판에 써 있는 숫자를 보고는 '그 숫자에 해당하는 나이가 되면 죽게 되지 않을까'하는 생각에 두려워하는 사람, 게이가 나오는 영화를 보고는 '나도 게이가 될 것 같다'는 생각 때문에 불편해져서 여성과 성관계를 가지고 나서야 안도하는 남성, 조용한 클래식 2악장 연주를 듣다가 '갑자기 내가 소리를 지르면 어쩌나'라는 생각이 들어 안절부절 못하는 사람, 어린아이를 창밖으로 던지는 끔찍한 장면이 상상되어 베란다 근처에 아이를 데리고 가지 못하는 사람, 날카로운 칼을 보면 무서운 생각이 들어 부엌에 못 들어가는 사람 등 예를 들자면 끝이 없을 정도로 강박적 생각과 충동에 대한 경우의 수는 다양합니다. 이러한 요상하고 이질적인 생각들이 스스로를 불안하게 만들어 불안을 일으키는 자극으로부터 회피하게 되고 이에 따라 점차 일상적 생활을 유지하기 어려워지게 되면서 이는 깊은 우울감으로 이어지곤 합니다. 강박 행동이 오래 지속되다 보면 습관화됩니다. 가장 편할 수 있는 삶의 방식을 터득하게 되는 것이죠. 적응이라고 볼 수도 있지만 그렇게 적응하기 위해서는 막대한 손실을 감수할 수밖에 없다는 것이 문제입니다.

강박 vs 망상

이질적 생각의 또 다른 것으로 망상이 있습니다. 그런데 망상은 다른 사람들이 보기에 이질적인 생각이지만 정작 망상에 사로잡혀 있는 사람에게는 매우 동질적입니다. 망상의 정의를 '그것이 사실이 아니라는 증거가 충분히 있음에도 불구하고 그 생각을 100% 믿어 의심치 않는 것'이라고 한다면 강박은 '도대체 나는 왜 이러는 걸까'라는 생각을 하면서 스스로 이상하다고 느낀다는 점이 다릅니다. 강박으로 힘들어하는 사람들은 자발적으로 병원을 찾지만 망상에 사로잡힌 사람들은 그렇지 않습니다. 강박은 주변 사람들을 힘들게 하지만 그럼에도 본인이 가장 힘들다면 망상은 주변 사람들을 더 힘들게 합니다. 강박은 그 생각으로부터 벗어나려고 어떤 행동을 취하지만 망상은 그 생각에 지배되어 그 생각이 이끄는 대로 행동하기 때문입니다.

정신의학의 진단체계는 시대에 따라 변화되었는데, 가장 최근 버전의 전 단계까지는 '강박스펙트럼장애'라는 개념이 있었습니다. 그 개념 아래서는 강박과 망상을 동일 선상에 두고 한쪽 끝을 신경증적 강박장애로 놓고 다른 한쪽 끝에 망상장애를 위치시키고 있습니다. 강박은 신경증이고 망상은 정신증이지만 그럼에도 증상 발현 양상에 공통적 특성이 있다고 본 것입니다. 그러나 가장 최근 버전에서는 이 개념을 버리고 강박장애는 불안장애로 그리고 망상장애는 정신병적 장애로 분류하고 있습니다. 발현 양상과 이질적 생각이라는 유사성은 존재하지만 결정적으로 본인이 그것을 문제로 인식하느냐 못 하느냐에 따른 심리적 태도에서 커다란 차이점이 존재하고 사용하는 무의식적 방어기전도 다르기에 생물학적 치료 기반에서도 유의미한 차이점을 보이기 때문입니다.

알고 보면 모든 사람은 강박적입니다

강박은 없는 것이 정상이고 있는 것이 비정상이라는 차원의 문제는 아닙니다. 누구나 강박은 가지고 있습니다. 마치 체온이 0도가 정상이 아니고, 36.5도가 정상인 것과 마찬가지입니다. 정상 혈당이 혈당이 0인 상태가 아니라 공복 혈당 100 이하가 정상인 것과 마찬가지입니다.

시험에 대한 걱정으로 반복적으로 학습하는 것은 학업 성취도를 높일 수 있으며, 안전에 대한 강박은 위험으로부터 스스로를 보호하는 역할을 합니다. 시간 약속도 잘 지켜야 하고 정리 정돈도 잘 해야 합니다. 이처럼 일정 수준의 강박 성향은 개개인의 성취에 도움이 되고 삶의 완성도를 높여 줄 수 있습니다. 비단 강박 증상뿐 아니라 신경적 증상의 대부분은 있고 없음의 문제가 아니라 그 문제가 삶을 제대로 살아가는 것을 방해하는가 아니면 촉진제 역할을 하는가에 대한 이슈입니다. 심지어 정신병적 증상도 마찬가지입니다. 예를 들어 가장 흔한 망상으로는 관계 망상이 있는데, 이는 모든 주변 상황이 자신과 관련성이 있다고 믿는 것입니다. "텔레비전에서 나에 대한 이야기를 하고 있다" 또는 버스에서 사람들끼리 대화하고 있는데 "내 이야기를 하고 있는 것이다"와 같은 것들이 관계 망상의 예입니다. 그런데 우리는 일상생활에서 관계적 사고를 늘 가지고 살아갑니다. 망상과 같이 믿는 수준은 아니지만 어느 정도 나와 관계있다고 느끼는 정도로 말이죠. 연인과 헤어진 사람이 이별을 노래하는 발라드를 들을 때 자신과 유사한 감정선을 느끼곤 하는데 거의 모든 대중문화는 인간 감정의 공통분모를 배경으로 하고 있기 때문에 그렇습니다. 또한 관계적 사고는 정상적으로 사회생활을 해나가는 데 필수적인 요소이기도 합니다. 만약 당신이 사람들이 모여 있는 방으로 들어갔더니 그 사람들이 갑자기 웃는 상황을 상상해보세요. 반대로 방으로 들어갔더니 갑자기 조용해지는 상황도 떠올려 봅시다. 이 두 가지 상황에서 당신은 어떤 생각을 하게 될까요? '아, 내 이야기를 하고 있었나?'라는 생각이 자동적으로 떠오를 것입니다. 이 생각이 떠오르지 않는다면 오히려 문제입니다. 물론 그 사람들과의 기존의 관계에 따라서 기분이 나빠질 수도 아닐 수도 있겠지만요. 관계적 사고가 아예 없으면 분위기를 제대로 파악하지 못하는 눈치 없는 사람 취급을 받게 됩니다. 자폐성 장애가 대표적으로 관계사고가 없거나 아주 부족한 경우라고 할 수 있습니다. 드라마 《이상한 변호사 우영우》에서 자폐성 장애가 있는 주인공인 우영우가 가장 힘들어하는 것이 다른 사람들의 반응을 파악하는 것이라고 말한 것도 이런 맥락입니다.

징크스도 일종의 강박의 연속선상에 있는 것입니다. 자신만이 가지고 있는 룰, 그 룰을 지키지 않으면 왠지 찜찜해지는 그런 것들을 우리는 징크스라고 부릅니다. 시험 보는 날 아침에는 미역국을 먹지 않는 것, 문턱에 앉지 않는 것, 밤에 휘파람을 불지 않는 것 등 예로부터 내려오는 개인적, 사회적 징크스들의 예는 많습니다. 징크스가 가장 많다고 알려진 사람들은 운동선수들입니다. 가령 투수들이 투구를 끝내고 벤치로 들어올 때 그라운드의 선을 밟지 않는 선수들이 많습니다. 왼발 또는 오른발부터 넘어야 하는 선수들도 있고, 중요한 시합 전에는 속옷을 갈아입지 않는 선수들도 있습니다. 징크스는 대부분 정상적인 범주의 강박 증상이라고 볼 수 있습니다.

잘 낫지 않는 우울증, 강박증일 수 있습니다

우울한 사람들은 부정적인 생각과 충동 때문에 힘들어합니다. 부정적 생각과 충동들이 꼬리에 꼬리를 물고 쳇바퀴 돌 듯 머릿속을 헤집고 있으니 당연히 감정적으로 우울해집니다. 그래서 우울증 치료를 하게 되는데 어떤 경우에는 일반적 우울 처방이 별로 효과를 나타내지 못하는 경우가 있습니다. 물론 처방에 잘 반응하지 않는 우울 증상도 있고 처한 상황이 너무 암울해 치료의 한계가 있는 경우도 있지만 혹시 강박증이 아닐까 의심해볼 필요가 있습니다. 나를 괴롭히는 생각과 충동의 내용이 이질감이 없거나 적을 때 대개 우울증이라고 생각하고 치료하게 되지만 생각과 충동이 나타나는 패턴이 강박적 양상을 강하게 보인다면 처방 전략도 수정되어야 합니다. 따라서 우울증을 치료할 때와 강박증을 치료할 때는 치료 전략이 달라집니다. 약물 치료의 경우에 처방하게 되는 선택적 세로토닌 재흡수 차단제SSRI의 용량이 다르고 다른 약물과의 병용투여 전략도 달라집니다. 우울과 강박이 공존하는 경우도 많지만 강박에서 나타나는 우울은 이차적인 경우가 많기 때문에 강박 양상을 개선하는 데에 우선 초점을 맞추는 것이 중요합니다.

Dialogue for Depression

Category	*Anxiety*	**No.**	*027*

이래야 하나 저래야 하나 결정을 못 하겠어요

'양가감정Ambivalence'이란 두 가지 상호 대립되거나 모순되는 감정이 공존하는 상태를 말합니다. 그레고리 베이트슨Gregory Bateson은 부모가 아이의 성장 과정에서 지속적으로 모순적이고 이중적 메시지이중구속, Double Bind를 전달하면 아이의 마음속 양가감정이 극대화되어 심리적 혼란을 초래하고 궁극적으로 조현병의 발병에 기인한다는 이론을 주장하기도 하였습니다. 현재 이중구속 이론은 더 이상 조현병의 발병 원인으로 받아들여지고 있지 않지만 심리적 일관성을 깨트리는 자극에 지속적으로 노출된다면 정신건강에 해롭다는 것은 상식이 되었습니다. 이처럼 한때 조현병을 설명하는 이론적 배경에 등장했던 양가감정은 사실 현대의 다양한 일상적 상황에서도 매우 흔하게 나타납니다. 인생은 선택의 연속이라고 하는데, 선택하는 데 있어서 언제나 등장하는 것이 양가감정입니다.

망설임이 가지고 있는 독성

태어나면서부터 죽을 때까지, 사람이 생각을 시작하는 그때부터 우리는 무엇이든 선택을 하게 됩니다. 선택할 때 즉흥적으로 하는 사람들도 있고, 심사숙고하여 결정하는 사람도 있습니다만 그중에 무엇이 더 좋다, 안 좋다고 말할 수는 없습니다. 즉흥적으로 하는 선택이 좋은 결과로 나타날 때 우리는 추진력이 좋다고 하지만 충동적인 결정으로 일을 그르치게 되는 경우도 종종 볼 수 있습니다. 반면에 선택에 심사숙고하는 성격은 이모저모 따져가면서 결정하기 때문에 결과의 오류를 줄일 수 있다는 장점이 있지만 효율성을 저하시키기도 하고 극단적으로는 돌다리를 두들겨 보기만 하다가 결국 건너지 못하는 상황이 생기기도 합니다. 따라서 선택과 결정의 방식에 절대적 호불호는 없으며 각각의 성향이 가질 수 있는 단점을 최소화해 나가는 것이 중요하다고 볼 수 있습니다.

심사숙고하는 기질적 특성 혹은 완전히 별개의 문제로서의 우울이나 불안 상태에서는 극도로 선택을 주저하고 망설이게 되는 경우가 흔히 발생합니다. 그런데 문제는 이러한 망설임에는 꽤나 강력한 독성이 내재되어 있다는 것입니다. 망설임은 우울과 불안의 결과이기도 하지만 우울과 불안을 심화시키는 원인이 되기도 합니다. 우울한 감정에 사로잡혀 무기력해지지만 무기력해진 스스로의 모습 때문에 더 우울해지는 것과 같습니다.

우리가 A와 B 중에서 고민하고 있다고 가정해봅시다. 왜 고민하는가 하면 A와 B 모두 장애물이 있다고 생각하기 때문이죠. 확실히 예상되는 장애물도 있을 것이고 미처 예측하지 못했던 고통을 마주하는 것에 대한 두려움이 있을 수도 있습니다. 그렇기 때문에 사람들은 선택에 있어 더욱 심사숙고하는 것입니다. 그러나 심사숙고가 지나치면 어떤 선택도 할 수 없게 되고, 그로 인해 아이러니하게도 A와 B의 문제들을 모두 경험하게 되는 상황을 초래하게 됩니다. 직장을 그만두면 생활고가 걱정되고 계속 다니자니 스트레스 때문에 너무 힘들고, 이혼하자니 생활이 막막하고 계속 같이 살자니 죽을 맛이고 그래서 직장이나 관계를 그만둬야 하나 말아야 하나를 가지고 하염없이 고민하다 보면 바로 이 망설임의 독성에 빠지게 됩니다.

어떤 결정도 하지 못하는 극단적인 양가감정, 망설임. 그 독성으로 인해 마음을 좀먹게 되는 상황이 발생하게 됩니다. 이 시점에서 이런 질문을 해볼 수 있습니다. "만약 당신이 지금 같은 상황으로 변화 없이 10년을 더 살게 된다면?" 다시 이야기하면 "앞으로 10년 후에도 지금 같은 상황이 계속 지속된다면 당신은 지금 무엇을 어떻게 하겠습니까?"라는 질문을 해볼 수 있습니다. 생각만 해도 끔찍하지 않으세요? 지금 같은 이 망설임이 10년 동안 지속된다면 결국 어떤 선택이건 하긴 해야 합니다. '괜찮아지지 않을까?'라는 근거가 희박한 낙관주의는 주의가 필요합니다.

A를 선택하는 순간 B가 가져올 수 있는 장애물은 더 이상 장애물이 아닌 것이 되고 A와 연관되는 문제들만 해결하면 됩니다. 앞서 이야기했던 어쩔 수 없는 문제들을 나의 문제 목록에서 삭제시키는 것과도 일맥상통합니다.

우울할 때는 판단을 유보할 필요가 있습니다

반대의 경우도 존재합니다. 엄밀히 말하면 망설임과 반대라기보다는 다른 관점이긴 합니다만 극도의 양가감정을 피하기 위해 성급히 결정을 내려버리는 경우를 말합니다. 양가감정은 희로애락과 같이 정상적으로 존재하는 심리적 상태인데 그 긴장감을 견디기 힘들어 어느 한쪽으로 성급히 결정을 내려버리는 것이죠. 그런데 문제는 우울과 불안의 상태에서는 대개 삶을 파괴하거나 중단하고 관계를 해체하는 방향으로 결정을 내린다는 데 있습니다. 그렇기 때문에 우울할 때는 판단을 유보하라는 메시지를 전하곤 합니다. 받아들이는 입장에서는 망설임의 독성이 있으니 선택과 결정을 하라는 것인지 아니면 판단을 유보하라는 것인지 혼란스러울 수 있으나, 유보의 전제는 망설임까지 포함하는 것입니다. 즉 망설임을 계속하라는 이야기가 아니라 망설이는 것도 포함해서 유보하자는 이야기입니다.

이혼을 앞둔 부부 상담에서 만나게 되는 아내는 대개 우울합니다. 남편 역시 좋은 기분은 아니겠지만 여성의 우울과 그 성상은 다소 다릅니다. 아내의 우울을 치료하자고 하면 이렇게 이야기합니다. “잘못은 남편이 했는데 왜 내가 치료를 받아야 하나요?” 그럴 때는 이렇게 설명을 드립니다. “누가 나를 화나게 하면 목덜미를 잡고 쓰러져서 병원에 실려 가는 사람은 나입니다. 아침 드라마에서 종종 목격하는 장면이죠. 폭행사건이 발생하면 병원에 가서 치료를 받는 사람은 때린 사람이 아니라 맞은 사람입니다. 우울도 똑같습니다. 문제의 발단이 누가 되었든, 누가 잘하고 잘못하고의 문제와는 완전히 다른 관점으로 현재 우울한 사람이 치료를 받아야 하는 것이 맞습니다."

어렵게 치료에 동의한 아내의 우울 증세가 호전되면 관계가 좋아지는 경우가 생깁니다. 물론 늘 그런 것은 아니지만 날 선 말들이 오가는 악순환의 고리가 깨지고 선순환으로 돌아서는 일종의 기적이 발생하는 경우가 생기는데, 이런 결과를 위한 필요조건은 망설임까지 포함한 판단의 유보입니다.

양가감정의 치료적 활용

한 해 1만 명이 넘는 국민들이 자살로 생을 마감하고 있습니다. 자살하는 사람들이 그때 그 결정을 잠시라도 유보할 수 있었다면 많은 사람들의 생명을 지킬 수 있었을 테지만 혼자서 해내기에 결코 쉬운 일이 아니기에 긴급지원 서비스와 같은 사회 안전망이 필요합니다. 우리 곁에 24시간 시간 제약 없이 심리적 안정이 필요할 때 도움을 받을 수 있는 공공 서비스가 존재하는 이유입니다.

그렇다면 죽음의 그림자가 완연하게 드리울 때 무엇을 어떻게 해야 도움이 될 수 있을까요? 실제적인 지원과 경청을 통해 감정적 응어리를 풀어낼 수 있게 해주는 것도 중요하고 약물 치료를 통해 마음의 열을 내리고 안정화하는 것도 필수적이지만, 궁극적으로는 죽음을 향한 충동의 이면에 삶의 욕구도 있다는 것을 확인할 수 있게 해주는 것이 핵심입니다. 양가감정은 어느 누구에게나 예외 없이 존재합니다. 어떤 상황에서 나름 확신에 찬 선택을 한다고 해도 그것이 100%에 기인한 결정은 사실상 없다고 봐도 무방합니다. 죽어야 하는 이유에 비해 살아야 하는 이유를 생각하는 것이 구차하고 의미 없다고 생각되어서 그런 것이지, 죽어야 하는 이유가 있다면 살아야 하는 이유도 반드시 있습니다.

좋은 직장을 다니는 사람의 딜레마

상대적으로 좋은 조건에 남들이 부러워할 만하고 가족들은 자랑스러워할 만한 직장에 다니는 사람들은 스트레스 상황에서 아무리 힘들어도 '그만두지 못함'이라는 덫에 갇히는 경우가 종종 있습니다. "그 좋은 직장을 왜 그만둬?"라는 남들의 시선과 "정 힘들면 어쩔 수 없지만…"이라고 말끝을 흐리는 가족들의 아쉬움, '그만두고 나면 나중에 후회하게 되겠지? 다른 데라고 별수 있겠어? 여기보다 더 나은 직장이 있을까?'라는 스스로의 망설임으로 인해 이도 저도 하지 못하는 무력감의 프레임에 갇히게 되는 것입니다. 이런 경우 당장 직장을 그만두라는 것은 아니지만 '그만둘 수 없는'이 아니라 '그만둬도 상관없는' 또는 '준비해서 잘 그만두는'으로 관점을 옮기는 것이 필요합니다. 역설적으로 그만두는(그만둬도 상관없는) 상황을 기본값으로 설정하고 상황을 바라보게 되면 해결할 수 없다고 여겼던 상황 중 일부는 해결 자체가 별로 중요하지 않은 것으로 바뀝니다. 말벌처럼 위협을 주는 존재로 여겨졌던 것들이 모기나 파리처럼 거추장스러운 존재 정도로 바뀌는 경험을 할 수 있게 됩니다. 이순신 장군의 '생즉사 사즉생生卽死, 死卽生'까지의 결의는 아니더라도 생각의 전환이 가져다주는 긍정적 변화는 예상보다 훨씬 클 수 있습니다.

Dialogue for Depression

Category	*Anxiety*	**No.**	*028*

약에 의존하는 것은 아닌지 걱정이 돼요

정신과에서 처방을 받는 분 중 열이면 아홉은 직접적으로 표현을 하건 마음속으로 생각만 하건 간에 약을 복용하는 것에 대한 걱정과 우려를 하곤 합니다. 문제를 해결하기 위해서 또는 일상생활에서 불편감을 해소하기 위해서 병원을 찾고 처방을 받지만 약을 복용한다는 것 자체가 또 다른 스트레스로 다가오는 것입니다. '정신과 약은 안 좋다던데, 약에 너무 의존하게 되면 어떡하지? 잘 끊을 수 있을까?'라는 것들이 대표적인 걱정이라고 볼 수 있습니다.

역설과 심리적 의존성

약물 의존에는 생물학적 의존성과 심리적 의존성이 있습니다. 불면이 심해서 처방을 하는 경우를 예로 들어보겠습니다. 수면을 호전시키기 위해 시행하는 모든 처방이 중독이라는 생물학적 의존성을 유발하는 것은 아닙니다. 실제로 우울증에 대한 처방 중 낮에 복용하면 졸리는 부작용을 유발하는 약물이 있는데, 수면장애가 동반되는 불안이나 우울의 경우 불면의 문제까지 해결하기 위해 그 졸음이라는 부작용을 활용하기도 합니다. 그런 약제들의 경우 생물학적으로 의존되거나 중독될 염려는 하지 않아도 됩니다. 물론 단순 수면 처방은 생물학적 의존성을 유발할 수 있는 것이 사실이긴 합니다. 그렇기 때문에 처방대로 복용하라고 권고하는 것이고 문제가 개선되어 가는 과정에서 다양한 형태의 출구 전략을 통해서 성공적으로 중단할 수 있습니다.

오히려 수면과 관련해서 처방 초중반에 중요한 것은 심리적 의존성입니다. 불면에 시달리던 분이 약을 복용하고는 많이 개선되어서 병원에 내원하십니다. 그러면 대부분 이런 질문을 합니다. "빨리 끊어야 되는 거 아닌가요? 수면제는 안 좋다고 하고, 의존성이 크다고 하던데…." 틀린 말은 아닙니다만 다소 극단적 상황을 예시로 들고 있는 것 또한 사실입니다. 그것이 약이건 무엇이건 간에 괜히 필요 없는 걸 복용하는 건 도움이 되진 않지만 반대로 필요한데 사용하지 않는 것도 도움이 되지 않습니다. 수면에 대한 밸런스가 깨지면 예민해지면서 우울감과 불안에 빠지게 되는 연구결과는 수도 없이 많습니다. 그렇기 때문에 정신건강의 문제를 평가할 때 문제의 종류와 상관없이 반드시 체크하는 것은 수면 컨디션입니다. 물론 부정적인 감정도, 비관적인 생각도 다뤄야 하겠지만 일차적으로는 불편한 감각을 안정화하는 것이 중요합니다. 따라서 잠을 제대로 못 자는 것을 개선한다면 부정적인 감정과 생각을 조금 더 객관적으로 바라볼 수 있도록 만드는 일종의 출발점이 될 수 있기 때문에 정신과 영역에서 수면은 매우 중요합니다. 그런데 이렇게 중요한 문제이기 때문에 심리적 의존성을 유발하게 되는 아이러니한 상황이 생깁니다.

역설적인 상황Paradoxical Situation은 바라는 것과 반대 상황이 유발되는 것을 말합니다. 잠을 잘 자야 한다는 강한 소망은 역설적으로 잠을 못 들게 하며, 긴장하지 말아야 한다는 생각은 오히려 더 긴장하게 만들기도 합니다. 한 예능 프로그램에서 출연자들에게 30분 이내에 잠들어야 한다는 미션을 준 적이 있습니다. 평소 촬영 중 조금만 시간이 비더라도 마치 스위치 꺼지듯 잘 자던 출연자들은 잠을 자야 한다는 미션이 부여되니 아무도 잠들지 못했습니다. 밤을 세워 공부하다가 너무 피곤해서 1시간만 자고 일어나겠다고 잠을 청할 때 쉽게 잠드는 사람은 드뭅니다. 빨리 자고 일어나야 한다는 심리적 압박감이 잠에 쉽게 들지 못하게 만드는 것이죠. 졸음은 필요할 때는 멀어지고 필요 없을 때는 가까이 오는 청개구리 같은 심보를 가지고 있는 현상이어서 어쩌면

'절대로 잠들면 안돼'라고 생각하는 것이 수면에 도움이 될 것도 같습니다.

수면 문제가 있는 경우 수면에 도움이 되는 생활습관으로 변화하려는 노력은 기본적으로 전제되어야 하며 이는 중요합니다. 잠에 문제가 있어 약을 복용하는 사람은 카페인을 일시적으로라도 중단해야 하며 술과 담배도 줄이거나 끊는 것이 좋습니다. 또 자기 전의 과한 음식물 섭취는 불면을 악화시키며 몸을 피곤하게 하기 위해 과한 운동을 하는 것 역시 오히려 몸을 깨우기 때문에 도움이 되지 않습니다. 뇌파를 안정시키기 위해서 잠들기 전 1~2시간 정도는 가능하면 조명의 조도를 낮추고 따뜻한 물로 가볍게 샤워를 하거나 따뜻한 우유를 조금 섭취하는 등의 방식으로 몸과 마음을 이완하는 것이 필요합니다. 자리에 편하게 누워서 온몸의 근육을 수축시켰다가 이완하는 이완 요법도 도움이 될 수 있습니다. 무엇보다 중요한 것은 아침에 일어나는 시간을 일정하게 지키는 것이 필요합니다. 늦게 잠들었다고 늦게 일어나버리면 불면 패턴은 악순환의 고리에 빠져들 수 있습니다. 몇 시간

못 자고 일어나더라도 기상시간을 지켜나가면 불면에서 빠져나오는 시간을 최대한 줄일 수 있습니다.

이렇게 수면의 질을 개선하기 위해 생활습관을 변화하려는 노력은 기본적으로 중요하지만, 수면이라는 생리적 현상 자체는 의식적인 노력을 통해 해결되는 것이 아닙니다. 그렇기에 약을 빨리 줄여서 중단해야 한다고 매일 매일 약을 복용하는 것에 신경을 곤두세우다 보면 역설적으로 심리적 의존성을 유발하게 됩니다. 수면의 질이 좀 좋아지는 것 같아서 약을 안 먹고 자려고 했더니 잠을 못 자고 다음 날 약을 복용하고서야 잠을 잘 수 있게 된 상황이 벌어진다면 '아, 나는 약을 먹어야 잘 수 있겠구나'라는 생각이 들게 되고 이런 상황이 반복되면 점차 심리적 의존성이 강화되는 것입니다. 따라서 약에 너무 많은 파워를 부여하면 안 됩니다. 우리는 모든 현상에 나름의 의미를 부여하면서 살고 있기에, 현상 자체가 아닌 우리가 부여한 의미와 소통을 하는 것이라고 했습니다. 따라서 약을 무시하는 것이 필요합니다. 의사가 복용하라고 하니까 그냥 (아무 생각 없이) 하는 겁니다. 복용하면서 나타나는 효과나 불편함을 상의해야겠지만 '역설적으로' 약물에 아무런 의미를 부여하지 않고 잠을 못 자도 상관없다고 생각할수록 불면은 빨리 개선될 수 있습니다. 불면이 주는 불편과 고통을 이해하지 못해서가 아니라 최대한 빨리 그 고통에서 빠져나오기 위해서 드리는 조언입니다.

Q : 약을 언제까지 복용해야 하나요?
A : 다시 동일한 문제를 경험할 가능성이 최소화될 때까지

우울이나 불안에 대한 처방에 대해서도 약을 언제까지 복용해야 하는지에 대한 질문을 흔히 받습니다. 약을 복용하는 입장에서는 당연히 가져야 하는 의문이며, 질문하지 않는 분들에게는 "약을 언제까지 복용해야 한다고 생각하세요?"라고 먼저 질문을 드리기도 합니다. 정확한 정보를 아는 것은 현재 문제의 개선은 물론 문제를 다시 경험할 가능성을 최소화시키기 위해 꼭 필요하기 때문입니다. 다만 문제가 될 수 있는 것은 그 질문의 이면에 '이제 좀 살만하니까 빨리 종료했으면 좋겠다'는 의도를 가진 경우입니다. '약을 언제까지 복용해야 하는가'라는 질문에 대한 대답은 명확합니다. 처음 발생한 우울증, 재발한 우울증, 여러 번 재발한 우울증, 공황장애, 강박장애, 집중력장애, 조현병과 같은 정신병적 장애 등 문제의 종류와 양상에 따라 다양하긴 합니다만, 공통적으로 적용할 수 있는 대답은 **'증상의 개선과 더불어 다시 동일한 문제를 경험할 가능성이 최소화될 때까지'**입니다. 의학적 중재의 종류에 따라 문제의 심각성과 상관없이 단기간의 치료를 통해 바로 문제가 해결되는 경우도 있지만, 대부분의 경우 일정 기간 동안의 유지 치료를 필요로 합니다. 치아를 교정하는 치료에서도 교정시술 이후에 짧게는 몇 개월, 길게는 1년 이상의 고정기간을 필요로 하죠. 교정보다 더 중요한 것은 어쩌면 충분한 시간 동안의 고정이라고 할 수 있으며 고정을 무시했을 때 어떤 결과가 나타날지에 대해서는 굳이 설명을 안 해도 되리라 생각합니다. 시멘트를 발라 놓았는데 충분히 굳기 전에 사람들이 밟으면 발자국이 생긴다거나 타일을 깔아놓고 양생시간을 무시하면 얼마 지나지 않아 다시 갈라지게 되는 것과도 유사합니다.

불안하고 우울한 모드(A)에서 증상이 개선되고 심리적인 안정을 찾은 모드(B)로 변화된 이후에는 (B)의 시간을 최대치로 확보하는 것이 중요합니다. (A)에서는 '치료제'로 작용했던 처방이 (B)에서는 약물의 종류와 용량이 적절한 수준으로 감량 조정된 상태에서 '영양제'로 역할이 변화하게 됩니다. 여기서 중요한 것은 (B)의 상태는 한 번도 가보지 못했던 곳이 아니라 이전에 살았고 경험했던 상태 중 한 지점이라는 것입니다. 어떤 처방도 경험하지 못한 상황으로 데려갈 수는 없습니다. 한 번도 경험하지 못한 곳으로 가기 위해서는 치료가 아닌 성장이 필요하며 성장은 약으로 되는 것이 아니라 내적 성찰을 통한 행동의 변화와 그 변화를 통해 세상과 다른 방식으로 소통해 이룰 수 있게 되는 것입니다. 이 책에서 언급하고 있는 내용은 내면적 성장을 위해 기초적으로 필요한 관점의 다양화라고 볼 수 있습니다. (A)의 상태에서 스스로와 다른 사람들 그리고 세상에 대해 쌓였던 부정적인 내적 경험치가 충분히 씻겨 나가고 (B)의 상태에서 보다 긍정적이고 객관적으로 자기 자신과 주변 상황을 인지하고 소통해나감으로써 긍정의 마일리지를 축적시켜 나가는 것이 필요합니다. 여기서의 긍정이란 '무조건 잘 될 거야'라는 식의 사고방식이 아니라 되는 것과 안 되는 것을 분명히 구분할 수 있고 어쩔 수 없는 것을 받아들이며 할 수 있는 것에 집중하는 태도를 말합니다.

에필로그

"정신과는 처음이라
어떻게 이야기를 해야 할지 모르겠어요."

진료와 상담이 일상인 저에게는 아무렇지 않은 일이지만 낯선 누군가에게 자신의 어두운 이야기를 꺼내는 것은 쉬운 일이 아닙니다. 이 책은 삶의 여러 가지 문제로 힘들어 한 번쯤 정신건강의학과에 가볼까 생각하면서도 선뜻 발걸음을 떼지 못하는 분들에게 드리는 안내서가 되고 싶은 마음을 담아 시작되었습니다. 이 책의 목적은 제가 평소에 진행하는 상담의 방향과 같습니다. 바로 증상의 개선, 관점의 전환 그리고 익숙하진 않지만 필요한 행동습관으로의 변화입니다.

다양한 감정의 부정적 반응들은 없어야 정상이고 있으면 비정상인 것이 아닙니다. 찔리면 아프고 눌리면 답답하듯 부정적 반응 자체는 있어야 하는 것이지만 자연스럽게 표출되고 흘러가야 하는 감정이 억눌리고 고여 썩게 되면 과도한 분노의 감정, 불안과 공포, 우울과 무기력과 같은 부정적 감정반응을 유발하게 되며 이는 신체 증상으로 우회하여 나타나기도 합니다. 정신과는 다른 진료과목과 마찬가지로 자신이 가지고 있는 문제를 해결하기 위해 찾는 장소입니다. 그래서 진료 초기에는 내담자 고유의 성격이 아닌 증상에 초점을 맞추게 됩니다. 정신적 증상은 고유의 성격 반응과 일견 유사해 보이지만 마땅히 구분되어야 하고 이를 개선하거나 소거시키기 위해 약물 치료를 설명한 뒤 처방하게 됩니다. 이러한 과정이 경우에 따라서는, '정신과에 갔는데 약만 준다'는 오해 아닌 오해를 불러일으키기도 합니다.

"증상은 약으로 성격은 상담으로" 전공의 시절 가르침을 받았던 스승님의 이야기입니다. 많은 시간과 노력을 투자하여 상담만으로도 증상을 해결할 수 있지만 이는 녹록지 않으며 아예 불가능한 경우도 많습니다. 약물 치료로 변화되는 것들은 모두 증상임에도 불구하고 어느 순간 사람들은 증상이라는 허상을 붙들고 씨름하며 부정적 자아상을 고착시켜나갑니다. 관점을 전환하고 행동을 변화시키기 위한 준비 단계로서 증상 개선은 무엇보다 먼저 중요하게 다루어져야 하는 과정임에도 거의 대부분의 사람들은 약물 치료에 대한 거부감 또는 불안함을 가지고 있습니다. 그러나 이런 거부감 역시 당연하고 자연스러운 반응이기에 약물 치료에 대한 여러 가지 비유를 사용하여 설명함으로써 그 이해를 돕고자 했습니다. 딱딱한 이론적 설명보다 적절한 비유가 더 이해하기 쉬운 법이니까요. 그간의 정신적 증상으로 힘들어하셨던 분들이나, 내원 이후 약물 치료에 대해 부정적으로 생각하셨던 분들이 이 책을 통해 약물 치료에 대한 거부감이 적어지길 바랍니다.

'다르게 생각하기'는 심리학뿐 아닌 모든 산업 분야에서 다루어지는 주제이지만 다른 분야와는 중요한 차이가 있습니다. 바로 난생 처음 들어보는 새로운 이야기는 아니라는 것입니다. 설명의 논조와 사용하는 비유적 표현이 다를 뿐 사실상 누구나 들어봤고 알고 있는 '뻔한' 이야기라는 것이죠. 이렇게 '뻔한 이야기를 내가 또 할 필요가 있을까'라는 고민 아닌 고민이 있기도 했습니다. 그러나 잘 알고 있다는 생각이 오히려 관점의 확장을 방해하고 특정 프레임에 가둬 버리게 됩니다. 문제를 해결하는 완전히 새롭고 마법 같은 해법은 없습니다. 핵심은 늘 가까운 곳에 있습니다. 머리로는 알지만 마음과 행동이 따라가지 못하는 바로 거기에 실제적인 해답이 있습니다. 알고 있지만 실천하지 못해 힘들어하고, 그중 일부는 고유의 행동 패턴이나 습관이 아닌 증상일 수 있음에도 자책하고 괴로워하는 분들이 주위에 여전히 많기에, 이 책에서는 심리학적 관점에 의학적 해석을 더하고 융합하여 최대한 이해하기 쉽게 기술하고자 노력하였습니다.

'의사가 하라는 대로 하는 것은 건강에 좋지만, 의사처럼 행동하는 것은 도움이 되지 않는다'는 우스갯소리가 있듯이 이 책을 쓴 저 역시 불확실성에 대한 걱정에 사로잡히고 별거 아닌 것에 짜증을 냅니다. 또 충동에 굴복하여 후회할 만한 행동을 하곤 합니다. 그러나 정신과 의사를 하면서 얻는 축복이라고 한다면 병원에 오시는 분들과의 대화를 통해 스스로의 생각과 행동을 끊임없이 점검하며 재정비할 수 있다는 것입니다. 부디 독자 여러분들도 이 책을 통한 간접 경험으로 관점의 지평을 넓히고 실천의 동력을 얻을 수 있게 되기를 바랍니다.

2023년 4월

이 명 수

내 마음을 알고 싶은 날의

우울해방일지

초판 발행	2023년 4월 25일
초판 2쇄 발행	2023년 6월 1일

지은이	이명수
펴낸이	김희연
펴낸곳	㈜에이엠스토리(amStory)
편집	정지혜, 박예지
홍보·마케팅	㈜에이엠피알(amPR)
디자인	서하윤(페이퍼워크)
인쇄	㈜상지사P&B
출판 신고	2010년 1월 29일 제2011-000018호
주소	(04352) 서울특별시 용산구 한강대로 296(참빛빌딩) 602호
전화	(02) 779-6319
팩스	(02) 779-6317
전자우편	amstory11@naver.com
ISBN	979-11-85469-23-2(03810)